O CAMINHO DE LOS ANGELES

JOHN FANTE
O CAMINHO DE LOS ANGELES

TRADUÇÃO DE **ROBERTO MUGGIATI**

3ª edição

Rio de Janeiro, 2019

CIP-BRASIL. CATALOGAÇÃO NA PUBLICAÇÃO
SINDICATO NACIONAL DOS EDITORES DE LIVROS, RJ

Fante, John, 1909-1983
F217c   O caminho de Los Angeles / John Fante; tradução de Roberto
Muggiati. – 3ª ed. – Rio de Janeiro: José Olympio, 2019.

Tradução de: The Road to Los Angeles
ISBN 978-85-03-01347-5

1. Romance americano. I. Muggiati, Roberto. II. Título.

CDD: 813
CDU: 821.111(73)-3

18-48077

Meri Gleice Rodrigues de Souza – Bibliotecária CRB-7/6439

Copyright © Joyce Fante, 1985

Título original em inglês
THE ROAD TO LOS ANGELES

Capa: Leonardo Iaccarino
Imagem de capa: Lea Roth / GettyImages
Foto do autor na orelha: The Denver Post / GettyImages

Este livro foi revisado segundo o novo Acordo Ortográfico da Língua
Portuguesa.

Todos os direitos reservados. Proibida a reprodução, armazenamento ou
transmissão de partes deste livro, através de quaisquer meios, sem prévia
autorização por escrito.

Reservam-se os direitos desta tradução à
EDITORA JOSÉ OLYMPIO LTDA.
Rua Argentina, 171 – 3º andar – São Cristóvão
20921-380 – Rio de Janeiro, RJ
Tel.: (21) 2585-2000

Seja um leitor preferencial Record.
Cadastre-se em www.record.com.br e receba informações sobre nossos
lançamentos e nossas promoções.

ISBN 978-85-03-01347-5

Impresso no Brasil
2019

UM

Tive uma porção de empregos no porto de Los Angeles porque nossa família era pobre e meu pai havia morrido. Meu primeiro trabalho foi cavar valetas pouco tempo depois de me formar no ginásio. À noite, não conseguia dormir por causa da dor nas costas. Fazíamos uma escavação num terreno baldio, mas não havia sombra alguma e o sol batia direto de um céu sem nuvens e eu ficava agachado naquele buraco com dois brutamontes que adoravam fazer aquilo, sempre rindo e contando piadas, rindo e fumando tabaco amargo.

Comecei com um acesso de fúria, e eles riram e disseram que eu aprenderia umas coisas depois de algum tempo. Então a picareta e a pá ficavam pesadas, eu sugava aquele ar e odiava aqueles homens. Certa ocasião, ao meio-dia, estava cansado, sentei-me e olhei para minhas mãos. Disse a mim mesmo: por que não larga este trabalho antes que ele o mate?

Levantei-me e espetei a pá no chão como uma lança.

— Rapazes — falei. — Para mim chega. Decidi aceitar um trabalho na Capitania do Porto.

Em seguida, fui lavador de pratos. Todo dia eu olhava através do buraco de uma janela e via pilhas de restos dia após dia com moscas zunindo e eu era como uma dona de casa debruçada numa pilha de pratos, minhas mãos se revoltando quando eu olhava para elas nadando como peixes mortos na água azulada. O cozinheiro gordo era o chefe. Batia panelas e me fazia trabalhar. Eu ficava feliz quando uma mosca pousava na sua grande bochecha e se recusava a sair. Fiquei no emprego quatro semanas. Arturo, falei, o futuro deste emprego é muito limitado; por que não se demite esta noite? Por que não manda o cozinheiro se foder?

Não pude esperar até a noite. No meio daquela tarde de agosto, com uma montanha de pratos sujos diante de mim, tirei o avental. Tive de rir.

— Qual é a graça? — perguntou o cozinheiro.

— Chega para mim. Acabou. A graça está nisso.

Saí pela porta dos fundos, com a sineta tocando. Ele ficou coçando a cabeça no meio do lixo e dos pratos sujos. Quando pensava em todos aqueles pratos, eu ria, parecia sempre tão engraçado.

Tornei-me ajudante de caminhão. Tudo o que fazíamos era transportar caixas de papel higiênico do armazém para as mercearias do porto em San Pedro e Wilmington. Caixas grandes, com um metro de lado e pesando 25 quilos. À noite, eu ficava na cama pensando naquilo e me agitando.

Meu chefe dirigia o caminhão. Seus braços eram tatuados. Usava camisas polo amarelas e justas. Seus músculos saltavam para fora. Ele os acariciava como os cabelos de uma mulher. Eu queria dizer coisas que o fizessem se retorcer. As caixas eram empilhadas no armazém até o teto, a 15 metros de altura. O chefe dobrava os braços e me obrigava a pegar as caixas e levá-las até o caminhão. Ele as empilhava. Arturo, falei, você tem de tomar uma decisão; ele parece durão, mas você se importa com isso?

Naquele dia eu caí e uma caixa bateu com força no meu estômago. O chefe grunhiu e sacudiu a cabeça. Ele me fez pensar em um jogador de futebol e, deitado no chão, eu me perguntava por que ele não usava um monograma no peito. Levantei-me sorrindo. Ao meio-dia, comi o almoço lentamente, com uma dor onde a caixa me atingira. Estava fresco debaixo do trailer e ali me deitei. A hora do almoço passou rapidamente. O chefe saiu do armazém e viu a marca dos meus dentes num sanduíche e o pêssego da sobremesa intocado ao meu lado.

— Não estou lhe pagando para ficar sentado na sombra — disse.

Rastejei para fora e me levantei. As palavras estavam lá, prontas:

— Estou indo embora — falei. — Você e seus músculos estúpidos podem ir para o inferno. Pra mim chega.

— Está bem — disse ele. — Espero que sim.

— Pra mim chega.

— Graças a Deus.

— Tem outra coisa.

— O que é?

— Na minha opinião, você é um grandalhão filho da puta.

Ele não me pegou.

Depois daquilo, fiquei pensando no que acontecera ao pêssego. Queria saber se teria pisado nele com seu tacão. Três dias se passaram e fui verificar. O pêssego continuava intocado ao lado da estrada, uma centena de formigas se banqueteando com ele.

Consegui então um emprego de atendente numa mercearia. O homem que dirigia a loja era um italiano com estômago igual a uma barrica. Quando Tony Romero não estava ocupado, ele ficava debruçado sobre a caixa dos queijos, quebrando pedaços pequenos com os dedos. Tinha um bom negócio. O pessoal do porto comprava na sua loja quando queria comida importada.

[7]

Certa manhã, ele chegou bamboleando e me viu com uma caderneta e um lápis. Eu estava fazendo um inventário.

— Inventário? — falou. — O que é isso?

Eu lhe expliquei, mas ele não gostou. Virou-se.

— Vá trabalhar — disse. — Achei que lhe disse para varrer o chão assim que chegasse aqui de manhã.

— Quer dizer que não deseja que eu faça um inventário?

— Não. Vá trabalhar. Nada de inventário.

Todo dia às três havia uma grande corrida de fregueses. Era trabalho demais para um homem. Tony Romero dava duro, mas arrastava os pés como um pato, o suor empapava o pescoço e as pessoas iam embora porque não podiam perder tempo esperando. Tony não conseguia me encontrar. Corria até os fundos da loja e batia com força na porta do banheiro. Eu estava lendo Nietzsche, memorizando um longo trecho sobre a volúpia. Ouvi as batidas na porta do banheiro, mas ignorei. Tony Romero colocou um engradado de ovos diante da porta e pisou nele. Seu grande maxilar passou por cima da porta e ele me viu do outro lado.

— *Mannaggia Jesu Christi!* — berrou. — Saia daí!

Eu lhe disse que sairia imediatamente. Ele foi embora rugindo. Mas não fui demitido por causa disso.

Certa noite, ele conferia a receita do dia na caixa registradora. Era tarde, quase nove horas. Eu queria ir à biblioteca antes que fechasse. Ele xingou baixinho e me chamou. Fui até ele.

— Estão faltando 10 dólares.

Eu disse: — Estranho.

— Não estão aqui.

Verifiquei as suas cifras cuidadosamente três vezes. Faltavam realmente 10 dólares. Examinamos o chão, chutando a serragem. Procuramos então na gaveta da caixa registradora de novo, retirando-a e olhando dentro do buraco. Não conseguimos encontrá-los. Eu lhe disse que talvez tivesse dado por engano a alguém. Estava seguro de que não tinha dado. Enfiou os dedos nos bolsos da camisa. Eram como salsichas. Revistou os bolsos.

— Me dê um cigarro.

Puxei um maço do bolso de trás da calça e, com ele, veio a nota de 10 dólares. Eu a tinha enfiado dentro do maço de cigarros, mas ela havia se soltado. Caiu no chão entre nós. Tony apertou na mão o seu lápis até quebrar. O rosto ficou roxo, as bochechas começaram a inflar e desinflar. Recuou o pescoço e cuspiu no meu rosto.

— Seu rato sujo! Saia já daqui!

— OK — disse eu. — Seja feita a sua vontade.

Peguei meu livro de Nietzsche debaixo do balcão e parti para a porta. Nietzsche! O que sabia ele sobre Friedrich Nietzsche? Embolou a nota de 10 dólares e a jogou sobre mim.

— Seu salário de três dias, seu ladrão!

Encolhi os ombros. Nietzsche num lugar desses!

— Estou indo embora — falei. — Não fique excitado.

— Saia daqui!

Estava a uns bons 15 metros de distância.

— Escute — falei. — Estou vibrando por sair daqui. Estou cansado de sua baboseira, de sua hipocrisia elefantina. Queria abandonar este emprego absurdo já há uma semana. Portanto vá direto para o inferno, seu carcamano de merda!

Parei de correr quando cheguei à biblioteca. Era uma filial da Biblioteca Pública de Los Angeles. A srta. Hopkins estava de plantão. Seus cabelos louros eram compridos e presos por um penteado. Sempre pensei em colocar meu rosto junto deles para cheirá-los. Queria senti-los em minhas mãos. Mas era tão bonita que eu mal podia falar com ela. Sorriu. Eu estava ofegante e olhei para o relógio.

— Achei que não ia chegar a tempo — falei.

Ela me disse que eu ainda tinha alguns minutos. Olhei por cima da mesa e fiquei contente porque ela usava um vestido solto. Se pudesse fazê-la caminhar através da sala sob algum pretexto, poderia ter sorte e ver suas pernas movendo-se em silhueta. Sempre fiquei a imaginar como seriam suas pernas debaixo de uma meia lustrosa. Não estava ocupada. Havia apenas dois velhos ali, lendo jornais. Ela verificou o Nietzsche enquanto eu tomava fôlego.

— Poderia me mostrar a seção de história? — falei.

Sorriu e disse que sim, e eu a segui. Foi um desapontamento. O vestido não era como imaginara, azul-claro, mas a luz não penetrava. Observei a curva dos seus calcanhares. Tive vontade de beijá-los. Na seção de história, virou-se e percebeu que eu pensava nela com intensidade. Eu a vi sentir um calafrio. Voltou à sua mesa. Tirei alguns livros e os coloquei de novo na estante. Ela ainda adivinhava meus pensamentos, mas eu não queria pensar em outra coisa. Suas pernas estavam cruzadas sob a mesa. Eram maravilhosas. Eu queria abraçá-las.

Nossos olhos se cruzaram e ela sorriu, com um sorriso que dizia: vá em frente e olhe se quiser; não posso fazer nada a respeito, embora quisesse lhe dar um tapa na cara. Eu queria falar com ela. Poderia dizer-lhe algumas coisas bacanas de Nietzsche; aquela passagem do Zaratustra sobre a volúpia. Ah! Mas eu jamais poderia citar aquela.

Ela bateu a sineta às nove. Corri para a estante de filosofia e peguei qualquer coisa. Era outro Nietzsche, *Homem e Super--homem*. Sabia que aquilo mexeria com ela. Antes de carimbar o livro, folheou algumas páginas.

— Meu Deus! — disse. — Os livros que você lê!

Eu disse: — Ora. Não é nada. Nunca leio bobagens.

Deu um sorriso de boa-noite, e eu disse: — É uma noite magnífica, etereamente magnífica.

— É mesmo? — disse ela.

Lançou-me um olhar estranho, a ponta do lápis nos cabelos. Dei meia-volta, atravessei a porta quase caindo e me aprumei. Senti-me pior do lado de fora porque não era uma noite magnífica, mas fria e nevoenta, as lâmpadas da rua desfocadas na cerração. Um carro com um homem ao volante e o motor ligado estava parado junto ao meio-fio. Ele estava à espera para levar a srta. Hopkins de volta a Los Angeles. Achei que parecia um retardado. Tinha lido Spengler? Sabia que o Ocidente estava em declínio? E o que fazia a respeito? Nada! Era um bobo e um sujeito vulgar. Uma banana para ele.

A neblina me envolveu, empapando-me enquanto caminhava com um cigarro aceso. Parei no Jim's Place, em Anaheim. Um homem comia no balcão do bar. Eu o tinha visto muitas vezes nas docas. Era um estivador chamado Hayes. Sentei-me perto dele e pedi um jantar. Enquanto era preparado, fui até o estande das revistas e dei uma olhada em *Artists and Models*. Encontrei duas em que as mulheres usavam um mínimo de roupas e, quando Jim trouxe meu jantar, pedi que as embrulhasse. Ele viu o Nietzsche debaixo do meu braço: *Homem e Super-homem*.

— Não — falei. — Este eu levo assim mesmo.

Coloquei-o no balcão com um estrondo. Hayes olhou para o livro e leu o título. Podia vê-lo olhando para mim através do espelho do bar. Eu comia o meu bife. Jim observava minhas mandíbulas para ver se o bife estava tenro. Hayes ainda olhava para o livro.

Eu disse: — Jim, este pábulo é mesmo antediluviano.

Jim perguntou o que eu queria dizer, e Hayes parou de comer para escutar.

— O bife — disse eu. — É arcaico, é primevo, paleoantrópico e antigo. Em resumo, está senil e envelhecido.

Jim sorriu dizendo que não conseguia me entender, e o estivador parou de mastigar de tão interessado que estava.

— O que foi que disse? — perguntou Jim.

— A carne, meu amigo. A carne. Este pábulo diante de mim. É mais duro do que carne de loba.

Quando olhei para Hayes, ele desviou a cabeça rapidamente. Jim estava apreensivo em relação ao bife e debruçou-se sobre o balcão e sussurrou que ficaria feliz em preparar outro bife.

Eu disse: — Com os diabos! Deixa estar, homem! Isso suplanta minhas mais jactanciosas aspirações.

Podia ver Hayes me estudando pelo espelho. Ocupava-se entre mim e o livro. *Homem e Super-homem*. Mastiguei e olhei direto para a frente, sem prestar a menor atenção. Durante toda a refeição, ele me observou atentamente. Num dado momento, olhou fixamente para o livro por muito tempo. *Homem e Super-homem*.

Quando Hayes terminou, foi até a frente pagar a conta. Ele e Jim ficaram cochichando junto à caixa registradora. Hayes acenou com a cabeça. Jim sorriu e cochicharam de novo. Hayes sorriu e deu boa-noite, olhando-me por cima do ombro. Jim voltou e disse: — Aquele camarada queria saber tudo sobre você.

— Verdade?!

— Disse que falava como um sujeito muito esperto.

— Verdade?! Quem é ele e o que faz?

Jim disse que era Joe Hayes, o estivador.

— Uma profissão pusilânime — disse eu—, infestada de jumentos e paspalhos. Vivemos num mundo de cangambás e antropoides.

Puxei a nota de 10 dólares. Ele trouxe o troco. Ofereci-lhe uma gorjeta de 25 centavos, mas não quis aceitar.

— Um gesto acidental — falei. — Um mero símbolo de companheirismo. Gosto da sua maneira de fazer as coisas, Jim. Suscitam uma nota de aprovação.

— Tento agradar a todo mundo.

[12]

— Bem, estou desprovido de queixas, como diria Tchecov.

— Que tipo de cigarros fuma?

Eu lhe disse. Deu-me dois maços.

— Por minha conta — falou.

Coloquei-os no bolso.

Ele não quis aceitar gorjeta.

— Aceite! — falei. — É somente um gesto.

Recusou. Nos despedimos. Ele caminhou até a cozinha com os pratos sujos, e eu parti para a saída. Na porta da frente, estendi a mão e peguei duas barras de chocolate da estante e as enfiei debaixo da camisa. A cerração me engoliu. Comi o chocolate a caminho de casa. Estava contente com a neblina porque o sr. Hutchins não me viu. Estava de pé à porta da sua lojinha de rádios. Andava à minha procura. Eu lhe devia quatro prestações do nosso rádio. Podia ter estendido a mão e tocado em mim, mas não chegou sequer a me ver.

Dois

Morávamos num edifício, tipo casa, vizinho de um lugar onde vivia uma porção de filipinos. O influxo de filipinos era sazonal. Vinham ao sul para a temporada de pesca e voltavam para o norte para as temporadas de frutas e alface, nos arredores de Salinas. Havia uma família de filipinos em nosso edifício, bem abaixo de nós. Era um prédio de dois andares de estuque cor-de-rosa com grandes placas de estuque arrancadas das paredes pelos terremotos. Toda noite o estuque absorvia a neblina como um mata-borrão. De manhã, as paredes estavam úmidas e vermelhas em vez de rosa. Eu preferia o vermelho.

As escadas rangiam como um ninho de camundongos. Nosso apartamento era o último no segundo andar. Assim que pegava na maçaneta, eu me sentia deprimido. O lar sempre fazia aquilo comigo. Mesmo quando meu pai ainda era vivo e morávamos numa casa de verdade, eu não gostava dela. Sempre queria fugir dali ou mudar aquilo. Costumava me perguntar como meu lar seria se fosse diferente, mas nunca pude imaginar o que fazer para torná-lo diferente.

Abri a porta. Estava escuro, a escuridão cheirando a lar, o lugar onde eu vivia. Acendi as luzes. Minha mãe estava deitada no divã e a luz a acordou. Esfregou os olhos e se apoiou nos cotovelos. Toda vez que a via meio acordada, eu pensava nas ocasiões em que era menino e costumava ir até sua cama de manhã e cheirá-la até adormecer, e então fiquei mais velho e já não podia ir a ela de manhã, porque aquilo me lembrava muito de que era minha mãe. Era um odor salgado e oleoso. Não podia sequer pensar que ela envelheceria. Aquilo me queimava. Ela sentou-se no divã e sorriu para mim, os cabelos revoltos pelo sono. Tudo o que fazia me lembrava dos dias em que eu morava numa casa de verdade.

— Pensei que nunca ia chegar — disse ela.

Falei: — Onde está Mona?

Minha mãe disse que ela estava na igreja, e eu disse: — Minha própria irmã reduzida à superstição da prece! Minha carne e sangue. Uma freira, uma amante de Deus! Que barbárie!

— Não comece com isso de novo — disse ela. — Você não passa de um menino que leu livros demais.

— É o que você pensa — falei. — Está mais do que evidente que tem um complexo de fixação.

Seu rosto embranqueceu.

— Um o quê?

Eu disse: — Esqueça. Não vale a pena falar com caipiras, rústicos e imbecis. O homem inteligente faz certas reservas quanto à escolha dos seus ouvintes.

Ela puxou os cabelos para trás com dedos compridos como os da srta. Hopkins, mas os seus estavam marcados por calombos e rugas nas juntas e ela usava uma aliança.

[15]

— Tem noção de fato — disse eu — de que uma aliança não é apenas vulgarmente fálica, mas também os resquícios residuais de uma selvageria primitiva anômala nesta era que se diz esclarecida e inteligente?

Ela disse: — O quê?

— Deixa estar. A mente feminina não apreenderia isso, mesmo que eu explicasse.

Disse-lhe para rir se tivesse vontade, mas que um dia ela mudaria o seu refrão, e peguei meus livros e revistas novos e os levei para o meu estúdio particular, que era o armário de roupas. Não havia luz elétrica nele, por isso eu usava velas. Havia uma sensação no ar de que alguém ou alguma coisa entrara no estúdio enquanto eu estava fora. Olhei ao meu redor e estava certo, porque o pequeno suéter rosa de minha irmã pendia de um dos cabides.

Tirei-o do cabide e falei para ele: — O que pensa que está fazendo pendurado aqui? Com que autoridade? Não se dá conta de que invadiu a santidade da casa do amor?

Abri a porta e joguei o suéter no divã.

— A entrada de roupas está proibida neste recinto! — gritei.

Minha mãe veio correndo. Fechei a porta e tranquei a fechadura. Podia ouvir seus passos. A maçaneta chacoalhou. Comecei a abrir o pacote. As fotos em *Artists and Models* eram uma doçura. Escolhi minha favorita. Estava deitada num tapete branco segurando uma rosa vermelha junto ao rosto. Coloquei a foto entre as velas no chão e fiquei de joelhos.

— Chloe — falei —, eu te adoro. Teus dentes são como um rebanho de ovelhas no monte Gileade e tuas faces são graciosas. Sou teu humilde servo e trago-te amor para sempre.

— Arturo! — disse minha mãe. — Abra.

— O que quer?

— O que está fazendo?

— Lendo. Pesquisando! Negam-me isso até mesmo em minha própria casa?

Ela chacoalhou os botões do suéter contra a porta.

— Não sei o que fazer com isso — disse. — Precisa me deixar usar o armário de roupas.

— Impossível.

— O que está fazendo?

— Lendo.

— Lendo o quê?

— Literatura!

Ela não arredava dali. Podia ver seus dedos do pé pela fresta da porta. Não podia conversar com a garota com ela parada ali. Coloquei a revista de lado e esperei que fosse embora. Não foi. Nem chegou a se mexer. Cinco minutos se passaram. A vela crepitou. A fumaça voltava a encher o armário. Não tinha se mexido uma polegada sequer. Finalmente, coloquei a revista no chão e a cobri com uma caixa. Tive vontade de gritar com minha mãe. Ela podia pelo menos se mexer, fazer um ruído, erguer o pé, assobiar. Peguei um livro de ficção e enfiei o dedo nele, como que marcando o local. Quando abri a porta, ela me fuzilou com o olhar. Tive a sensação de que sabia tudo sobre mim. Colocou as mãos nos quadris e farejou o ar. Seus olhos procuraram por toda a parte, nos cantos, no teto, no chão.

— O que é que está fazendo aqui?

— Lendo! Aperfeiçoando minha mente. Proíbe até mesmo isso?

— Tem algo terrivelmente estranho nisso tudo — disse ela. — Está lendo aquelas revistas de fotos sujas de novo?

— Não vou tolerar nenhum metodista, puritano ou puritanismo em minha casa. Estou cansado desse moralismo fanático de cangambá. A verdade terrível é que minha própria mãe é um cão farejador moralista da pior espécie.

[17]

— Essas revistas me causam nojo — disse ela.

Eu disse: — Não culpe as fotos. A senhora é uma cristã, pertence à Liga da Moralidade, ao Cinturão da Bíblia. Sente-se frustrada pelo seu cristianismo barato. No fundo do seu coração, é uma canalha e uma burra, uma camponesa e um asno.

Empurrou-me de lado e entrou no armário de roupas. Lá dentro havia o odor de cera queimada e de breves paixões em cima do assoalho. Ela sabia o que a escuridão encerrava. Saiu correndo.

— Meu Deus do céu! — disse. — Deixe-me sair daqui!

Empurrou-me de lado e bateu a porta. Ouvi-a batendo panelas e frigideiras na cozinha. Então a porta da cozinha bateu. Tranquei a porta e voltei às fotos e acendi as velas. Depois de um tempo, minha mãe bateu e disse que o jantar estava pronto. Eu lhe disse que já tinha comido. Ela ficou pairando diante da porta. Estava ficando aborrecida de novo. Eu podia sentir a pressão aumentando. Havia uma cadeira perto da porta. Eu a ouvi arrastá-la, posicioná-la e sentar-se. Sabia que estava sentada de braços cruzados, olhando para os seus sapatos, seus pés retos para a frente naquela sua maneira característica de se sentar e esperar. Fechei a revista e esperei. Se ela era capaz de aguentar aquilo, eu também era. Seu dedão do pé marcava uma cadência no tapete. A cadeira rangeu. A cadência aumentou. De repente, ela se levantou e começou a martelar com as mãos na porta. Abri apressadamente.

— Saia daí! — gritou ela.

Saí tão rápido quanto podia. Ela sorriu, cansada, mas aliviada. Tinha dentes pequenos. Um da arcada inferior estava desalinhado como um soldado com o passo errado. Não tinha mais do que um metro e sessenta, mas parecia alta quando usava saltos altos. Sua idade aparecia principalmente na pele. Tinha 45 anos. A pele estava um pouco caída abaixo das orelhas. Sentia-me contente porque seus cabelos não eram grisalhos. Sempre procurava cabelos grisalhos, mas não encontrava nenhum. Empurrei-a e fiz cócegas nela, e ela riu e caiu na poltrona. Então fui até o divã, me estiquei e peguei no sono.

TRÊS

Minha irmã me acordou quando chegou em casa. Eu estava com dor de cabeça e com uma dor como a de um músculo contundido nas costas e sabia a causa daquilo — pensar demais em mulheres nuas. Eram 11 horas pelo relógio da rádio. Minha irmã tirou o casaco e partiu para o armário de roupas. Eu lhe disse que ficasse longe dali, se não queria morrer. Ela sorriu com desdém e levou o casaco para o seu quarto. Rolei e joguei os pés no chão. Perguntei-lhe onde tinha ido, mas ela não respondeu. Sempre me irritava porque raramente me dava atenção. Eu não a odiava, mas gostaria de odiá-la. Era uma garota bonita, com 16 anos. Um pouco mais alta do que eu, com cabelos e olhos negros. Certa vez, ganhou um concurso no ginásio por ter os dentes mais bonitos. Seu traseiro era como um pão italiano, redondo e no tamanho ideal. Eu costumava ver sujeitos olhando para ela e sabia que ela os excitava. Mas era fria e sua maneira de caminhar era enganosa. Ela não gostava que um sujeito a olhasse. Achava aquilo pecaminoso; pelo menos era o que dizia. Dizia que era feio e vergonhoso.

Quando deixava a porta do quarto aberta, eu a observava e às vezes olhava pelo buraco da fechadura ou me escondia debaixo da cama. Ela ficava com as costas para o espelho e examinava seu traseiro, percorrendo-o com as mãos e puxando a saia para ficar bem justa sobre ele. Só usava vestidos bem apertados na cintura e nos quadris e sempre escovava a cadeira antes de se sentar. Sentava-se então formalmente e de uma maneira fria. Tentei convencê-la a fumar cigarros, mas não quis. Tentei também lhe dar conselhos sobre a vida e o sexo, mas achou que eu era louco. Era como o meu pai, muito limpa e trabalhadora na escola e em casa. Mandava na minha mãe. Era mais esperta que minha mãe, mas acho que jamais se aproximaria da minha mente em matéria de brilhantismo. Mandava em todo mundo, menos em mim. Depois que meu pai morreu, tentou mandar em mim também. Não admiti aquilo, minha própria irmã, e então ela decidiu que não valia a pena mandar em mim, de qualquer maneira. De vez em quando, eu deixava que mandasse em mim, mas era só para exibir minha personalidade flexível. Ela era limpa como gelo. Brigávamos como gato e rato.

Eu possuía algo de que ela não gostava. Aquilo a repugnava. Acho que suspeitava das mulheres do guarda-roupa embutido. De vez em quando, eu a provocava com uns tapinhas no traseiro. Ficava louca da vida. Certa vez, eu fiz aquilo e ela pegou uma faca de açougueiro e me perseguiu pelo apartamento. Ficou duas semanas sem falar comigo e disse a minha mãe que nunca mais falaria comigo de novo, ou sequer comeria à mesma mesa. Finalmente, superou o ressentimento, mas nunca esqueci da fúria que a assolou. Teria me esquartejado se tivesse conseguido me pegar.

Tinha o mesmo traço que o meu pai, mas ele não se manifestava em minha mãe ou em mim. Quero dizer, a limpeza. Certa vez, quando era menino, vi uma cascavel lutando contra três scotch terriers. Os cães a arrancaram de uma pedra onde tomava sol e a estraçalharam. A cobra lutou com bravura, nunca perdendo a calma, sabia que estava acabada e cada um dos cães levou um pedaço ensanguentado do seu corpo. Só deixaram a cauda e três guizos, e aquela parte dela ainda se mexia. Mesmo depois de feita em pedaços, eu a achava uma maravilha. Fui até a pedra, que continha um pouco de sangue. Coloquei meu dedo no sangue e o provei. Chorei como uma criança. Nunca me esqueci da cobra. E, no entanto, se estivesse viva, não me aproximaria dela. Era algo assim minha relação com meu pai e minha irmã.

Eu achava que enquanto minha irmã fosse bonita e mandona, daria uma boa esposa. Mas era muito fria e religiosa demais. Sempre que um homem vinha a nossa casa convidá-la para sair, ela não aceitava. Ficava parada na porta e sequer o convidava a entrar. Queria ser freira, o problema era esse. O que a impedia era minha mãe. Estava esperando mais alguns anos. Dizia que o único homem que amava era o Filho do Homem e seu único noivo era Cristo. Parecia ideia das freiras. Mona não poderia pensar coisas assim sem ajuda exterior.

Seus dias de escola primária foram passados com as freiras em San Pedro. Quando se formou, meu pai não tinha dinheiro para mandá-la a uma escola secundária católica, por isso ela foi para a Wilmington High. Assim que terminavam as aulas, ia correndo para San Pedro visitar as freiras. Ficava o dia inteiro, ajudando-as a corrigir provas, dando aulas no jardim de infância e coisas assim. À noite, zanzava pela igreja que ficava ao lado do porto de Wilmington, decorando os altares com todo tipo de flores. Estivera fazendo isso esta noite.

Saiu do quarto de roupão.

Eu disse: — Como vai Jeová esta noite? O que ele acha da teoria dos quanta?

Ela foi até a cozinha e começou a falar com minha mãe sobre a igreja. Discutiram sobre flores, o que era melhor para o altar, rosas vermelhas ou rosas brancas.

Eu disse: — Jeová. Da próxima vez que vir Jeová, diga-lhe que tenho algumas perguntas a fazer.

Continuaram conversando.

— Oh, Sagrado Senhor Jeová, contemplai vossa carola e adorada Mona babando suas preces idiotas. Oh, Jesus, ela é santificada. Meu doce e adorado Jesus Cristo, ela é imaculada.

Minha mãe disse: — Arturo, pare com isso. Sua irmã está cansada.

— Oh, Espírito Santo, oh, ego triplo inflado e sagrado, tirai-nos da Depressão. Elegei Roosevelt. Conservai-nos no padrão-ouro. Retirai a França, mas, pelo amor de Cristo, conservai-nos!

— Arturo, pare com isso!

— Oh, Jeová, em vossa infinita mutabilidade, providenciai uns trocados para a família Bandini.

Minha mãe disse: — Vergonha, Arturo. Vergonha.

Levantei-me do divã e gritei: — Rejeito a hipótese de Deus! Abaixo a decadência de um cristianismo fraudulento! A religião é o ópio das massas. Tudo o que somos, e esperamos vir a ser, nós o devemos ao diabo e a suas maçãs contrabandeadas!

Minha mãe correu atrás de mim com a vassoura. Quase tropeçou nela, ameaçando-me com a extremidade da palha na cara. Empurrei a vassoura de lado e me joguei ao chão. Arranquei a camisa na frente dela e fiquei nu da cintura para cima. Inclinei o pescoço para ela.

— Dê vazão à sua intolerância! — falei. — Persiga-me! Coloque-me no pelourinho. Manifeste o seu cristianismo! Deixe a Igreja Militante exibir a sua alma desgraçada! Leve-me ao patíbulo! Enfie atiçadores de brasas em meus olhos. Queimem-me na fogueira, seus cães cristãos!

Mona aproximou-se com um copo d'água. Tirou a vassoura das mãos de minha mãe e lhe ofereceu a água. Minha mãe bebeu e se acalmou um pouco. Então ela gaguejou, tossiu no copo e se aprontou para chorar.

— Mãe! — disse Mona. — Não chore. Ele é maluco.

Ela olhou para mim lívida, sem expressão. Dei as costas e caminhei até a janela. Quando me virei, ela ainda me olhava.

— Cães cristãos — disse eu. — Pingos de chuva bucólicos! *Papalvus Americanus!* Chacais, doninhas, furões-bravos e asnos... o bando inteiro de vocês. Apenas eu, de toda a família, não fui marcado pelo flagelo do cretinismo.

— Seu tolo — disse ela.

Entraram no quarto.

— Não me chame de tolo — disse eu. — Sua neurótica! Seu arremedo de freira frustrado, inibido, babão!

Minha mãe disse: — Ouviu isso! Que coisa horrível!

Foram para a cama. Eu tinha o divã e elas tinham o quarto. Quando sua porta fechou, peguei as revistas e empilhei-as na cama. Fiquei feliz em poder olhar as garotas sob as luzes da grande sala. Era melhor do que naquele armário malcheiroso. Conversei com elas por cerca de uma hora, viajei pelas montanhas com Elaine e pelos Mares do Sul com Rosa, e finalmente, num encontro de grupo com todas elas espalhadas ao meu redor, disse-lhes que não tinha favoritas e que cada uma a seu tempo teria uma oportunidade. Mas depois de algum tempo fiquei terrivelmente cansado daquilo, pois comecei a me sentir cada vez mais idiota e a odiar a ideia de que se tratava apenas de fotos, chapadas e de rosto único, e tão iguais na cor e no sorriso. E todas sorriam como putas. A coisa ficou detestável e pensei: olhe só para você! Sentado aqui conversando com um monte de prostitutas. Que belo super-homem *você* acabou se tornando! E se Nietzsche pudesse vê-lo agora? E Schopenhauer — o que pensaria ele? E Spengler! Oh, como Spengler o ridicularizaria! Seu tolo, seu idiota, seu suíno, sua besta, seu rato, seu porco sujo, desprezível, revoltante! Subitamente, agarrei as fotos numa pilha e as estraçalhei e as joguei no vaso do banheiro. Então rastejei de volta à cama e chutei para longe as capas. Eu me odiava tanto que fiquei sentado na cama pensando as piores coisas possíveis a meu respeito. Finalmente, eu me sentia tão desprezível que nada havia a fazer senão dormir. Levei horas para pegar no sono. A neblina estava se dissipando no leste e o oeste estava negro e cinzento. Deviam ser três horas da manhã. Do quarto ouvi o ronco suave da minha mãe. A essa altura, eu estava pronto para cometer o suicídio e, pensando nisso, adormeci.

QUATRO

À s seis, minha mãe me acordou. Fiquei rolando e não queria levantar. Ela tirou as roupas de cama e as jogou no chão. Aquilo me deixou nu sobre o lençol porque eu dormia totalmente sem roupa. Eu não me importava, mas era de manhã e não estava preparado para aquilo, ela podia ver e eu não ligava que me visse nu, mas não do jeito que um sujeito às vezes acorda bem cedo. Coloquei a mão sobre o local e tentei escondê-lo, mas ela viu mesmo assim. Pareceu-me que estava deliberadamente em busca de algo que me embaraçasse — minha própria mãe, ainda por cima.

Ela disse: — Devia se envergonhar, de manhã cedo.

— Envergonhar-me? — falei. — Como assim?

— Devia sentir vergonha.

— Oh, Deus, o que vocês cristãos vão inventar a seguir! Agora até dormir é pecaminoso!

— Sabe o que estou dizendo — falou ela. — Devia se envergonhar, um menino da sua idade. Devia se envergonhar. Vergonha. Vergonha.

— Ora, a senhora devia se envergonhar também. E o cristianismo devia se envergonhar.

Ela voltou para a cama.

— Ele devia se envergonhar — disse a Mona.

— O que foi que fez agora?

— Devia se envergonhar.

— Que foi que ele fez?

— Nada, mas devia se envergonhar de qualquer maneira. Vergonha.

Adormeci. Depois de um tempo, ela me chamou de novo.

— Não vou ao trabalho esta manhã — falei.

— Por que não?

— Perdi o emprego.

Um silêncio mortal. Então ela e Mona sentaram-se na minha cama. Meu emprego significava tudo. Ainda tínhamos o tio Frank, mas elas contavam com meu salário antes disso. Eu precisava pensar numa boa desculpa, porque as duas sabiam que eu era um mentiroso. Podia enganar minha mãe, mas Mona nunca acreditava em nada, nem mesmo se eu falasse a verdade.

Eu disse: — O sobrinho do sr. Romero acabou de voltar da terrinha. Pegou o meu emprego.

— Espero que pense que vamos acreditar *nisso*! — disse Mona.

— O que eu penso dificilmente diz respeito a imbecis — falei.

Minha mãe voltou para a cama. A história não era muito convincente, mas estava disposta a me dar uma chance. Se Mona não estivesse ali, teria sido sopa. Ela mandou Mona ficar quieta e quis saber mais. Mona estava atrapalhando com o seu falatório. Gritei e mandei que calasse a boca.

Minha mãe disse: — Está contando a verdade?

Coloquei a mão sobre o coração, fechei os olhos e disse:

— Diante de Deus Todo-poderoso e de Sua corte celestial, juro solenemente que não estou mentindo nem inventando. Se estiver, espero que Ele me faça cair morto neste exato minuto. Peguem o relógio.

Ela pegou o relógio do rádio. Acreditava em milagres, qualquer tipo de milagre. Fechei os olhos e senti o coração batendo forte. Prendi o fôlego. Os momentos passaram. Depois de um minuto, soltei o ar dos pulmões. Minha mãe sorriu e me beijou na testa. Mas agora ela culpava Romero.

— Ele não pode fazer isso com você — disse. — Não vou deixar. Vou até lá dizer a ele o que penso.

Pulei da cama. Estava nu, mas não me importava.

Falei: — Deus Todo-poderoso! Não tem nenhum orgulho, nenhum senso de dignidade humana? Por que iria vê-lo depois que me tratou com tanta indecência levantina? Quer desgraçar o nome da família também?

Ela estava se vestindo no quarto. Mona riu e passou os dedos pelos cabelos. Entrei, peguei as meias de minha mãe e nelas fiz nós antes que pudesse me impedir. Mona sacudiu a cabeça e abafou o riso. Coloquei o punho debaixo do seu queixo e fiz uma advertência final para que não se intrometesse. Minha mãe ficou sem saber o que faria a seguir. Coloquei minhas mãos sobre seus ombros e a fitei bem nos olhos.

— Sou um homem profundamente orgulhoso — disse eu. — Isso faz vibrar um acorde de aprovação no seu senso de julgamento? Orgulho! Meu primeiro e último pronunciamento se eleva da alma daquela camada que eu chamo de orgulho. Sem ele, minha vida é uma desilusão luxuriosa. Em resumo, estou lhe fazendo um ultimato. Se for falar com o Romero, eu me mato.

Aquilo a deixou apavorada como o diabo, mas Mona rolou de rir. Não falei mais nada, voltei para a cama e peguei no sono.

[28]

Quando acordei, era por volta do meio-dia e elas tinham ido a algum lugar. Peguei a foto de uma velha garota minha chamada Marcella, fomos para o Egito e fizemos amor num barco remado por escravos no Nilo. Bebi vinho em suas sandálias e leite dos seus seios, e mandamos os escravos remarem até a margem do rio e eu a alimentei com corações de beija-flor temperados em leite de pomba adocicado. Quando a coisa acabou, eu me senti arrasado. Tive vontade de me bater no nariz, de me nocautear e ficar inconsciente. Queria cortar-me, sentir meus ossos estalando ao se quebrarem. Piquei a foto de Marcella em pedacinhos e me livrei deles, e depois fui ao armário de remédios, peguei uma gilete e, antes que me desse conta, retalhei meu braço abaixo do cotovelo, mas não muito fundo, de modo que havia bastante sangue e nenhuma dor. Chupei o talho, mas ainda assim não havia nenhuma dor, então peguei um pouco de sal e esfreguei no corte, senti aquilo morder minha carne, doendo e me fazendo sair daquilo e me sentir vivo de novo, e esfreguei até que não podia mais aguentar. Em seguida envolvi meu braço em ataduras.

Haviam deixado um bilhete para mim sobre a mesa. Dizia que tinham ido à casa do tio Frank e que havia comida na despensa para o meu desjejum. Decidi comer no Jim's Place, porque ainda tinha algum dinheiro. Atravessei o pátio da escola, que ficava do outro lado da rua, diante do apartamento, e segui até o bar do Jim. Pedi presunto e ovos. Enquanto eu comia, Jim falava.

Ele disse: — Você lê muito. Já tentou escrever um livro?

Aquilo funcionou. A partir de então, desejei ser um escritor.

— Estou escrevendo um livro neste momento — falei.

— Queria saber que tipo de livro.

Eu disse: — Minha prosa não está à venda. Escrevo para a posteridade.

Ele disse: — Não sabia disso. O que é que você escreve? Contos? Ou simplesmente ficção?

[29]

— Os dois. Sou ambidestro.

— Oh, eu não sabia disso.

Fui ao outro lado do bar e comprei um lápis e um caderno. Ele queria saber o que eu estava escrevendo agora.

Eu disse: — Nada.

Simplesmente fazendo anotações avulsas para um trabalho futuro sobre comércio exterior. O assunto me interessa de um modo curioso, é uma espécie de hobby dinâmico ao qual me acostumei.

Quando saí, ele me olhava boquiaberto. Segui devagar até o porto. Era junho, a melhor época de todas. As cavalinhas se agitavam ao largo da costa sul e as fábricas de enlatados funcionavam a todo vapor, noite e dia, e o tempo todo naquela época do ano havia um fedor no ar de putrefação e óleo de peixe. Algumas pessoas o consideravam um fedor, outras ficavam enjoadas com ele, mas não era um fedor para mim, exceto o cheiro do peixe que era ruim, para mim era fantástico. Eu gostava dali. Não era um só cheiro, mas uma porção deles se entrelaçando, de modo que cada passo trazia um odor diferente. Deixava-me sonhador e eu pensava muito em lugares distantes, no mistério que o fundo do mar continha, e todos os livros que eu tinha lido ganhavam vida ao mesmo tempo e eu via melhor as pessoas a partir de livros, como Philip Carey, Eugene Witla e os sujeitos que Dreiser inventava.

Eu gostava do odor da água suja dos velhos petroleiros, o odor do óleo cru em barris destinados a locais distantes, o odor do óleo na água que se tornava viscoso, amarelo e dourado, o odor da madeira podre e o refugo do mar enegrecido pelo óleo e pelo piche, de frutas apodrecidas, de pequenas chalupas de pesca japonesas, de cargueiros de banana e de corda velha, de rebocadores e ferro velho e do acariciante e misterioso cheiro do mar na maré baixa.

Parei na ponte branca que atravessava o canal à esquerda das Indústrias Pesqueiras da Costa do Pacífico, no lado de Wilmington. Um navio-tanque descarregava nas docas de gasolina. Na rua, pescadores japoneses reparavam suas redes, estendidas durante quarteirões ao longo da beira d'água. Na American-Hawaiian, estivadores descarregavam um navio de Honolulu. Trabalhavam com as costas nuas. Pareciam um grande assunto para um escritor. Aplainei o novo caderno sobre a balaustrada, molhei o lápis na língua e comecei a escrever um tratado sobre o estivador: *Uma interpretação psicológica sobre o estivador ontem e hoje,* por Arturo Gabriel Bandini.

Revelou-se um tema difícil. Tentei quatro ou cinco vezes, mas desisti. De qualquer modo, o assunto exigiria anos de pesquisa; não havia ainda nenhuma necessidade de prosa. A primeira coisa a fazer era coletar os fatos. Talvez levasse dois anos, três, até quatro; na verdade, era trabalho para uma vida inteira, uma *magnum opus*. Era difícil demais. Desisti. Achei que filosofia seria mais fácil.

Uma dissertação moral e filosófica sobre o homem e a mulher, por Arturo Gabriel Bandini. O mal é para o homem fraco; logo, por que ser fraco? É melhor ser forte do que ser fraco, pois ser fraco é carecer de força. Sejam fortes, irmãos, pois eu digo que, a não ser que sejam fortes, as forças do mal os dominarão. Toda força é uma forma de poder. Toda ausência de força é uma forma de mal. Todo mal é uma forma de fraqueza. Sejam fortes, para não serem fracos. Evitem a fraqueza e procurem se tornar fortes. A fraqueza corrói o coração da mulher. A força alimenta o coração do homem. Desejamos nos tornar fêmeas? Pois bem, então nos tornemos fracos. Desejam tornar-se homens? Sim, sim. Então, fortaleçam-se. Abaixo o Mal! Viva a Força! Oh, Zaratustra, dotai suas mulheres de muita fraqueza! Oh, Zaratustra, dotai seus homens de muita força! Abaixo a mulher! Viva o Homem!

Mas me cansei da coisa toda. Decidi que talvez eu não fosse um escritor, afinal, mas um pintor. Talvez meu gênio residisse na arte. Virei uma página do caderno e pensei em fazer alguns esboços, somente para praticar, mas não conseguia encontrar nada digno de desenhar, apenas navios, estivadores e docas, e não me interessavam. Desenhei gatos na cerca, rostos, triângulos e quadrados. Então tive a ideia de que não era um artista ou escritor, mas um arquiteto, pois meu pai fora carpinteiro e talvez o ramo das construções fosse mais compatível com o meu legado. Desenhei algumas casas. Eram todas parecidas, casas quadradas com uma chaminé da qual saía fumaça. Coloquei o caderno de lado.

Estava quente na ponte, o calor aguilhoando minha nuca. Rastejei através da balaustrada até umas pedras pontudas amontoadas pela beira d'água. Eram pedras grandes, pretas como carvão das imersões na maré alta, algumas delas grandes como uma casa. Debaixo da ponte estavam espalhadas em louca desordem como um campo de icebergs, e no entanto pareciam contentes e serenas.

Rastejei por baixo da ponte e tive a sensação de que era o único a jamais ter feito aquilo. As pequenas ondas do porto lambiam as pedras e deixavam pequenas poças de água verde aqui e ali. Algumas das pedras eram cobertas de musgo, outras ostentavam belas manchas de cocô de pássaros. Um odor pesado se elevava do mar. Debaixo das longarinas da ponte era tão fresco e escuro que eu não podia enxergar muita coisa. Acima de mim, ouvi o trânsito ruidoso, buzinas tocando, homens berrando e grandes caminhões sacudindo os travessões de madeira. Era um barulho tão terrível que martelava nos meus ouvidos e quando gritava minha voz se projetava uns poucos metros e voltava correndo como se estivesse presa a um elástico. Rastejei por cima das pedras até sair do alcance da luz do sol. Era um

[32]

lugar estranho. Por um momento, fiquei apavorado. Mais adiante havia uma pedra grande, maior do que o resto, sua crista coberta pelo esterco das gaivotas. Era a rainha de todas aquelas pedras encimada por uma coroa branca. Parti na sua direção.

Subitamente, tudo sob meus pés começou a se mover. Era o movimento rápido e viscoso de coisas que rastejavam. Eram caranguejos! As pedras estavam vivas e infestadas deles. Fiquei tão apavorado que não podia me mexer, e o barulho que vinha de cima não era nada comparado ao ribombar do meu coração.

Encostei-me numa pedra e coloquei o rosto entre as mãos até que o medo passou. Quando afastei as mãos do rosto, pude enxergar através da escuridão e era cinzento e frio, como um mundo debaixo da terra, **um** lugar cinzento e solitário. Pela primeira vez, dei uma olhada nas coisas que viviam ali embaixo. Os caranguejos grandes tinham o tamanho de tijolos de casa, silenciosos e cruéis; enquanto dominavam o topo das grandes pedras, as antenas ameaçadoras movendo-se sensualmente como os braços de uma dançarina havaiana, os olhinhos pequenos, malvados e feios. Havia uma quantidade ainda maior de caranguejos menores, do tamanho da minha mão, e eles nadavam em círculos nas pequenas poças na base das pedras, amontoando-se uns sobre os outros, puxando um ao outro para a escuridão ondulada enquanto lutavam por posições nas pedras. Estavam se divertindo muito.

Havia um enxame de caranguejos ainda menores aos meus pés, cada um do tamanho de uma moeda de 1 dólar, um monte de patas que se contorciam e se entrelaçavam. Um deles agarrou a bainha da minha calça. Tirei-o dali e o segurei enquanto agitava inutilmente as patas e tentava me morder. Eu o prendia e nada podia fazer. Puxei o braço para trás e o arremessei contra uma pedra. Estalou e se esmigalhou mortalmente, ficando por um momento grudado na pedra e depois caindo, esvaindo-se em

[33]

sangue e água. Apanhei a carapaça despedaçada e provei o fluido amarelo que saía dela; era salgado como a água do mar e não gostei. Joguei-o na água profunda. Flutuou, até que um eperlano macho nadou ao seu redor, examinou-o, começou a mordê-lo cruelmente e finalmente o arrastou para fora de vista, o peixe deslizando para longe. Minhas mãos estavam ensanguentadas e pegajosas, impregnadas pelo cheiro do mar. Imediatamente senti em mim uma forte vontade de matar aqueles caranguejos, cada um deles.

Os pequenos não me interessavam, eram os grandes que eu queria matar e matar. Os grandalhões eram fortes e ferozes com tesouras poderosas. Eram adversários dignos para o grande Bandini, o conquistador Arturo. Olhei ao meu redor, mas não pude encontrar um pau ou uma vara. Na margem que dava para o concreto havia uma pilha de pedras. Arregacei as mangas da camisa e comecei a jogá-las no maior caranguejo que pude divisar, que cochilava sobre uma pedra a uns seis metros de distância. As pedras caíram todas ao seu redor, a uma polegada dele, chispas e lascas de pedra voando, mas sequer abriu os olhos para ver o que estava acontecendo. Joguei cerca de 20 pedras antes de acertá-lo. Foi um triunfo. A pedra esmagou seu costado com o estalido de uma bolacha de água e sal. Atravessou o seu corpo todo, pregando-o contra a pedra. Então ele caiu na água e as bolhas verdes espumantes nas bordas da pedra o engoliram. Observei-o desaparecer e brandi os punhos contra ele, dando adeuses raivosos enquanto descia lentamente até o fundo. Adeus! Adeus! Sem dúvida, nos encontraremos em outro mundo; você não se esquecerá de mim, caranguejo. Vai se lembrar de mim para todo o sempre como o seu conquistador!

Matá-los com pedras era difícil demais. As pedras eram tão afiadas que cortavam meus dedos quando as arremessava. Lavei o sangue e o limo das minhas mãos e parti para a beira d'água de novo. Saltei então sobre a ponte e caminhei pela rua até uma loja de apetrechos marítimos a três quarteirões dali, que também vendia armas e munição.

Disse ao balconista de rosto branco que queria comprar uma espingarda de ar comprimido. Mostrou-me uma de alta potência e eu botei o dinheiro no balcão e a comprei sem fazer perguntas. Gastei o restante dos 10 dólares em munição — chumbinhos BB. Estava ansioso para voltar ao campo de batalha, por isso mandei o cara-pálida não embrulhar a munição e me dar do jeito que estava. Achou aquilo estranho e me examinou enquanto eu pegava os cilindros do balcão e deixava a loja tão rápido quanto podia, mas sem correr. Quando cheguei do lado de fora, comecei a correr, e então senti que alguém me observava e olhei ao meu redor e, claro, o cara-pálida estava parado na porta, me espiando através do ar quente da tarde. Desacelerei e segui numa marcha rápida até virar a esquina, e então me pus a correr de novo.

Atirei em caranguejos a tarde inteira, até que meu ombro começou a doer do coice da arma e meus olhos doíam atrás da mira. Eu era o Ditador Bandini, Homem de Ferro da Terra dos Caranguejos. Esse era outro expurgo sangrento para o bem da pátria. Tinham tentado me desestabilizar, aqueles caranguejos desgraçados; tiveram a ousadia de tentar fomentar uma revolução e eu estava promovendo a minha vingança. Imaginem só! Aquilo me enfurecia. Aqueles caranguejos miseráveis haviam desafiado o poderoso Super-Homem Bandini! O que os levara a serem tão estupidamente presunçosos? Pois bem, iam receber uma lição da qual não se esqueceriam jamais. Essa ia ser a última revolução que tentariam na vida, por Jesus Cristo. Eu rilhava os dentes ao pensar naquilo — uma nação de caranguejos em revolta. Que audácia! Deus, eu estava irado.

Atirei até meu ombro doer e uma bolha surgir no meu dedo do gatilho. Matei mais de 500 e feri o dobro. Atacavam viva-

[35]

mente, raivosos e insanos e assustados à medida que os mortos iam caindo das suas fileiras. O cerco estava em andamento. Enxamearam na minha direção. Outros vieram do mar, ainda outros de trás das rochas, movimentando-se em vastos números através da planície de pedras na direção da morte sentada numa pedra alta fora do seu alcance.

Juntei alguns dos feridos numa poça e mantive uma conferência militar em que decidi que os levaria à corte marcial. Tirei-os da poça um de cada vez, sentando cada um na boca da espingarda e apertando o gatilho. Havia um caranguejo, de cores vivas e cheio de vida que me lembrava uma mulher: sem dúvida, uma princesa entre os renegados, uma brava carangueja seriamente ferida, uma de suas pernas amputada por um tiro, um braço pendendo lamentavelmente. Aquilo me partia o coração. Convoquei outra conferência e decidi que, devido à extrema urgência da situação, não deveria haver qualquer discriminação sexual. Até a princesa precisava morrer. Era desagradável, mas tinha de ser feito.

Com o coração triste, ajoelhei-me entre os mortos e moribundos e invoquei Deus numa prece, pedindo que me perdoasse por esse mais bestial dos crimes de um super-homem — a execução de uma mulher. E, no entanto, o dever era o dever, a velha ordem tinha de ser preservada, a revolução devia ser varrida, o regime tinha de prosseguir, os renegados deviam perecer. Durante algum tempo, conversei com a princesa em particular, estendendo-lhe formalmente as desculpas do Governo Bandini e cumprindo o seu último desejo — que eu lhe permitisse escutar *La Paloma*. Assobiei a música para ela com tanto sentimento que estava chorando ao terminar. Ergui a arma até o seu belo rosto e apertei o gatilho. Ela morreu instantaneamente, gloriosamente, uma massa flamejante de carapaça e sangue amarelado.

Por reverência e admiração, mandei que erigissem uma lápide onde ela havia caído, essa fascinante heroína de uma das revoluções inesquecíveis, que havia perecido durante os dias sangrentos de junho do Governo Bandini. Escreveu-se história naquele dia. Fiz o sinal da cruz sobre a pedra, beijei-a reverentemente, até mesmo com um toque de paixão, e prendi a respiração numa cessação momentânea de ataque. Foi um momento irônico, pois percebi, num lampejo, que havia amado aquela mulher. Mas vamos em frente, Bandini! O ataque recomeçou. Pouco depois, eu havia alvejado outra mulher. Não estava gravemente ferida, sofreu do choque. Levada prisioneira, ofereceu-se a mim de corpo e alma. Implorou-me para poupar sua vida. Eu ri maldosamente. Era uma criatura deliciosa, avermelhada e rosada, e só uma conclusão prévia quanto ao meu destino me fez aceitar sua oferta tocante. Ali, debaixo da ponte, na escuridão, eu a destrocei enquanto ela pedia clemência. Ainda rindo, eu a coloquei à frente e atirei, estraçalhando-a, pedindo desculpas por minha brutalidade.

A carnificina finalmente parou quando minha cabeça doía da tensão sobre os olhos. Antes de partir, dei uma última olhada ao meu redor. As colinas em miniatura estavam cobertas de sangue. Era um triunfo, uma vitória imensa para mim. Caminhei por entre os mortos e falei com eles em tom consolador, pois ainda que fossem meus inimigos, eu era, apesar de tudo, um homem de nobreza e os respeitava e admirava pela porfia valente que haviam oferecido a minhas legiões.

— A morte chegou finalmente para vocês — disse eu. — Adeus, meus caros inimigos. Vocês foram bravos na luta e mais bravos ainda na morte, e o *Führer* Bandini não se esqueceu. Ele abertamente elogia, mesmo na morte.

Para outros, eu disse: — Adeus, covarde. Cuspo em você com nojo. Sua covardia é repugnante para o Führer. Ele detesta covardes como detesta a peste. Não se reconciliará com vocês. Possam as marés lavar seu crime covarde da face da Terra, seus velhacos.

Subi de volta à rua assim que os apitos das seis horas soavam e parti para casa. Havia algumas crianças jogando bola num terreno baldio perto da minha rua e dei-lhes a arma e a munição em troca de um canivete que um garoto dizia valer 3 dólares, mas ele não me enganava, porque eu sabia que o canivete não valia mais do que 50 centavos. Queria me livrar da arma e por isso topei o negócio. Os garotos acharam que eu era um trouxa, mas deixei que achassem.

Cinco

O apartamento cheirava a bife, e na cozinha eu os ouvi falando. Tio Frank estava lá. Olhei para dentro, dei um alô e ele retribuiu o cumprimento. Estava sentado com minha irmã num canto da cozinha. Minha mãe estava no fogão. Ele era irmão de minha mãe, um homem de 45 anos com têmporas grisalhas, grandes olhos e pelos saindo das narinas. Tinha belos dentes. Era suave. Morava sozinho num chalé do outro lado da cidade. Gostava muito de Mona e queria fazer coisas para ela o tempo todo, mas ela raramente aceitava. Sempre nos ajudava com dinheiro e depois que meu pai morreu praticamente nos sustentou durante meses. Queria que fôssemos morar com ele, mas eu era contra porque era chegado a ser mandão. Quando meu pai morreu, ele pagou a conta do enterro e comprou até uma pedra para a lápide, uma coisa fora do comum, pois nunca apreciara muito meu pai como cunhado.

A cozinha estava abarrotada de comida. Havia uma cesta de feira de comestíveis no chão e a bancada da pia estava coberta

[39]

de legumes e verduras. Tivemos um grande jantar. Só eles falaram. Eu sentia os caranguejos por todo meu corpo e na minha comida. Pensei naqueles caranguejos vivos debaixo da ponte, tateando na escuridão à procura dos seus mortos. Havia aquele caranguejo Golias. Tinha sido um grande combatente. Eu lembrava sua personalidade maravilhosa; sem dúvida, fora o líder do seu povo. Agora estava morto. Fiquei imaginando se seu pai e sua mãe procuraram seu corpo na escuridão e se ele pensou na tristeza da sua amante e se ela estava morta também. Golias lutara com chispas de ódio em seus olhos. Foram precisos muitos chumbos BB para matá-lo. Era um grande caranguejo — o maior de todos os caranguejos contemporâneos, incluindo a Princesa. A Nação dos Caranguejos deveria construir um monumento para ele. Mas seria maior do que eu? Não senhor. Eu era o seu conquistador. Imaginem só! Aquele poderoso caranguejo, herói do seu povo, e eu era o seu conquistador. A Princesa — a mais fascinante caranguejo de que se tinha notícia —, eu também a havia matado. Aqueles caranguejos levariam muito tempo para se esquecer de mim. Se escreviam a história, eu mereceria um bom espaço nos seus registros. Podiam até me chamar de O Matador Negro da Costa do Pacífico. Os pequenos caranguejos ouviriam dos seus ancestrais a meu respeito e eu fulminaria com terror suas memórias. Eu dominaria pelo medo, embora não estivesse presente, mudando o curso de suas existências. Um dia eu me tornaria uma lenda no seu mundo. E podia até haver caranguejas românticas fascinadas pela minha cruel execução da Princesa. Fariam um deus de mim, e algumas delas me adorariam secretamente e teriam uma paixão por mim.

Tio Frank, minha mãe e Mona continuavam conversando. Parecia um complô. Houve um momento em que Mona olhou para mim e seu olhar dizia: nós o estamos ignorando deliberadamente porque queremos que se sinta constrangido; além do mais, vai ter de acertar as contas com o tio Frank depois da refeição. Então, tio Frank me deu um sorriso frouxo. Eu sabia que aquilo significava encrenca.

Depois da sobremesa, as mulheres se levantaram e saíram. Minha mãe fechou a porta. A coisa toda parecia premeditada. Tio Frank entregou-se à tarefa de acender o seu cachimbo, empurrando alguns pratos para abrir espaço e inclinando-se na minha direção. Tirou o cachimbo da boca e agitou o tubo debaixo do meu nariz.

Falou: — Escute aqui, seu pequeno filho da puta; eu não sabia que era ladrão também. Sabia que era preguiçoso, mas, por Deus, não sabia que era um desgraçado de um ladrãozinho.

Eu disse: — Também não sou um filho da puta.

— Conversei com Romero — disse. — Sei o que você fez.

— Eu o advirto — falei. — Sem me valer de termos dúbios, eu o advirto a desistir de me chamar de filho da puta de novo.

— Você roubou 10 dólares do Romero.

— Sua presunção é colossal e inglória. Não consigo perceber por que se permite a liberdade de me insultar, chamando-me de um filho da puta.

Ele disse: — Roubar do seu empregador! Mas que coisa bonita.

— Vou dizer-lhe de novo, e com a máxima candura, que, apesar da sua maior idade e de nossos laços sanguíneos, eu positivamente o proíbo de usar nomes tão opróbrios, como filho da puta em referência a minha pessoa.

— Um sobrinho vagabundo e um ladrão! É revoltante.

— Por favor, fique avisado, meu caro tio, que, uma vez que escolheu vilipendiar-me com filho da puta, não tenho outra alternativa senão apontar-lhe o fato consanguíneo da sua própria indecência. Resumindo, se sou um filho da puta, ocorre que o senhor é irmão de uma puta. Tente rir dessa verdade.

— Romero podia tê-lo mandado prender. Lamento que não o tenha feito.

— Romero é um monstro, uma fraude gigantesca, um grande beócio. Suas acusações de pirataria me divertem. Não consigo ficar abalado com suas acusações estéreis. Mas devo lembrar-lhe uma vez mais de refrear o fluxo de suas obscenidades. Não estou habituado a ser insultado, mesmo por parentes.

Ele disse: — Cale-se, seu pequeno imbecil! Estou falando de outra coisa. O que vai fazer agora?

— Existem miríades de possibilidades.

Sorriu com sarcasmo.

— Miríades de possibilidades! Essa é boa! De que porcaria está falando? Miríades de possibilidades!

Dei umas tragadas no meu cigarro e disse: — Suponho que vá embarcar na minha carreira literária, agora que me livrei dessa raça de proletários como o Romero.

— Sua o *quê*?

— Meus planos literários. Minha prosa. Prosseguirei meus esforços literários. Sou um escritor, o senhor sabe.

— Um escritor! Desde quando se tornou escritor? Isso é novidade. Vamos, nunca o ouvi falar nisso antes.

Expliquei-lhe: — O instinto de escritor sempre esteve adormecido em mim. Agora se encontra num processo de metamorfose. A era de transição passou. Estou no limiar da expressão.

Ele disse: — Bobagem.

Tirei o caderno do bolso e desfolhei as páginas com o polegar. Desfolhei-as tão rapidamente que ele não conseguiu ler nada, mas podia ver que havia algo escrito nelas.

— São apenas anotações — falei. — Apontamentos atmosféricos. Estou escrevendo um simpósio socrático sobre o Porto de Los Angeles desde a Conquista Espanhola.

— Vamos dar uma olhada nisso — disse ele.

— Nada feito. Só depois da publicação.

— Depois da publicação! Que conversa!

Coloquei o caderno de volta no meu bolso. Cheirava a caranguejos.

— Por que não cresce e vira homem? — disse ele. — Seu pai ficaria contente lá no alto.

— Lá onde?

— Na vida após a morte.

Eu estava à espera daquilo.

— Não existe vida após a morte — falei. — A hipótese celestial é mera propaganda formulada pelos ricos para iludir os pobres. Eu contesto a alma imortal. É a ilusão persistente de uma humanidade de olhos vendados. Rejeito em termos categóricos a hipótese de Deus. A religião é o ópio do povo. As igrejas deveriam ser convertidas em hospitais e locais do serviço público. Tudo o que somos, ou esperamos vir a ser um dia, nós o devemos ao diabo e a suas maçãs contrabandeadas. Existem 78 mil contradições na Bíblia. É a palavra de Deus? Não! Eu rejeito Deus! Eu O denuncio com imprecações violentas e incansáveis. Aceito o universo sem Deus. Sou um monista!

— Você é um maluco — disse ele. — É um maníaco.

— O senhor não me entende. — sorri. — Mas deixa estar. Eu antecipo mal-entendidos; não, eu prevejo as piores perseguições ao longo da minha jornada. E aceito isso.

Esvaziou o cachimbo e sacudiu o dedo sob o meu nariz. — A coisa que você tem de fazer é parar de ler todos esses livros, parar de roubar, tornar-se um homem e ir trabalhar.

Esmaguei o cigarro.

— Livros! — disse eu. — E que sabe o *senhor* de livros?!

"O senhor! Um ignorante, um *Bubus Americanus*, um asno, um poltrão com um cérebro menor que o de um gambá."

[43]

Ficou quieto e encheu o seu cachimbo. Não falei nada porque era a sua vez. Estudou-me por um tempo enquanto pensava em algo.

— Tenho um emprego para você — disse.

— Fazendo o quê?

— Ainda não sei. Vou ver.

— Tem de se adequar aos meus talentos. Não esqueça que sou um escritor. Passei por uma metamorfose.

— Não me interessa o que lhe aconteceu. Você vai trabalhar. Talvez nas fábricas de peixe enlatado.

— Não sei nada sobre fábricas de peixe enlatado.

— Isso é bom — disse. — Quanto menos souber, melhor. Tudo o que é preciso são costas fortes e mente fraca. Você possui ambas.

— O emprego não me interessa — disse a ele. — Preferiria escrever prosa.

— Prosa... o que é prosa?

— Seu Babbitt* burguês. Jamais conhecerá a boa prosa enquanto viver.

— Devia lhe quebrar a cara.

— Tente.

— Seu fedelho desgraçado!

— Seu caipira americano!

Levantou-se e deixou a mesa com os olhos faiscando. Foi ao quarto ao lado e conversou com minha mãe e com Mona, dizendo-lhes que tínhamos chegado a um entendimento e a partir de agora eu estava virando uma nova página. Deu-lhes algum dinheiro e disse a minha mãe para não se preocupar com nada. Fui até a porta e lhe dei boa-noite com um aceno de

---

*Personagem do romance *Babbitt* (1922), de Sinclair Lewis, homem de negócios que simboliza os valores da classe média norte-americana. (*N. do T.*)

[44]

cabeça quando saiu. Minha mãe e Mona me fitaram nos olhos. Achavam que eu sairia da cozinha com lágrimas escorrendo pelo rosto. Minha mãe colocou as mãos em meus ombros. Ela estava suave e tranquilizadora, achando que tio Frank me fizera sentir um miserável.

— Ele magoou seus sentimentos — disse ela. — Não foi, meu filho querido?

Afastei seus braços.

— Quem? — falei. — Aquele cretino? Com os diabos que não!

— Você está com o ar de quem andou chorando.

Entrei no quarto e examinei meus olhos ao espelho. Estavam mais secos do que nunca. Minha mãe veio atrás de mim e começou a passar um lenço em meus olhos. Pensei: que chatice.

— Posso perguntar o que está fazendo? — disse.

— Coitadinho do meu filho! Está tudo bem. Você está embaraçado. Eu entendo. Sua mãe entende tudo.

— Mas eu *não* estou chorando!

Ficou desapontada e foi embora.

SEIS

É de manhã, hora de levantar, portanto levante, Arturo, e vá procurar um emprego. Saia às ruas e vá procurar aquilo que você nunca vai conseguir encontrar. Você é um ladrão, um assassino de caranguejos e um amante de mulheres nos armários de roupas. *Você nunca* vai conseguir um emprego!

Toda manhã eu me levantava sentindo-me assim. Agora, tenho de encontrar um emprego, que diabo. Tomava o café da manhã, colocava um livro debaixo do braço, lápis no meu bolso e seguia em frente. Descia as escadas, saía à rua, às vezes quente, às vezes fria, às vezes com nevoeiro e às vezes clara. Não importava nunca, com um livro debaixo do braço, procurando um emprego.

Que emprego, Arturo? Há, há, há! Um emprego para você? Pense no que é, meu jovem! Um assassino de caranguejos! Um ladrão. Fica olhando fotos de mulheres nuas em armários de roupa. E *você* espera conseguir um emprego! Que piada! Mas lá vai ele, o idiota, com um livrão. Com que diabos, aonde está indo, Arturo? Por que segue por essa rua e não por aquela? Por que para o leste e não para o oeste? Responda-me, seu ladrão! Quem vai lhe dar um emprego, seu suíno? Quem? Mas existe um parque do outro lado da cidade, Arturo. Chama-se Banning Park. Há uma porção de belos eucaliptos lá e gramados verdejantes. Que lugar para se ler! Vá lá, Arturo. Leia Nietzsche. Leia Schopenhauer. Fique na companhia dos poderosos. Um emprego? Xôôô! Vá sentar-se debaixo de um eucalipto, lendo um livro, procurando um emprego.

E houve vezes em que fui procurar um emprego. Havia a loja de artigos a preço fixo de 15 centavos. Durante muito tempo, fiquei parado diante dela olhando para uma pilha de lascas de amendoim na vitrina. Então entrei.

— O gerente, por favor.

A garota disse: — Ele está no andar de baixo.

Eu o conhecia. Seu nome era Tracey. Desci as escadas duras, perguntando-me por que eram tão duras, e lá embaixo encontrei o sr. Tracey. Estava ajeitando sua gravata amarela diante de um espelho. Um bom homem. Gosto admirável. Uma bela gravata, sapatos brancos, camisa azul. Um belo homem, um privilégio trabalhar para um homem como ele. Possuía algo; tinha um *élan vital*. Ah, Bergson! Outro grande escritor era Bergson.

— Alô, sr. Tracey.

— Hum, o que deseja?

— Ia lhe perguntar...

— Temos formulários para pedido de emprego. Mas não vai adiantar. Estamos sem vagas.

Subi de volta as escadas duras. Que escadas curiosas! Tão duras, tão precisas! Possivelmente, uma nova invenção em matéria de construção de escadas. Ah, a raça humana! O que vai imaginar a seguir! Progresso. Acredito na realidade do progresso. Aquele Tracey. Aquele filho da puta desgraçado, sujo, imbecil!

[47]

Ele e sua estúpida gravata amarela parado diante do espelho como um miserável macaco: aquele Babbitt burguês salafrário. Uma gravata amarela! Imaginem só. Ah, ele não me enganava. Eu sabia uma ou duas coisas sobre aquele sujeito. Uma noite eu estava lá, no porto, e eu o vira. Eu não disse nada, mas acho que o vi lá, no seu carro, barrigudo como um porco, com uma garota ao seu lado. Vi seus dentes gordos ao luar. Estava sentado lá com a sua barriga, um debiloide de 30 dólares semanais, um desgraçado de um Babbitt com uma pança caída e uma garota ao seu lado, uma vagabunda, uma prostituta, uma puta ao seu lado, uma fêmea espumosa. Entre os dedos gordos segurava a mão da garota. Parecia ardente a sua maneira suína, aquele patife gordo, aquele rato fedorento, nojento e imbecil de 30 dólares por semana, com os dentes gordos se avolumando sob o luar, o barrigão esmagado contra o volante, os olhos sujos, gordos e ardentes com ideias gordas de um caso de amor gordo. Não me enganava; nunca poderia me enganar. Poderia enganar aquela garota, mas não Arturo Bandini, e sob nenhuma circunstância Arturo Bandini consentiria jamais em trabalhar para ele. Um dia haveria um reconhecimento. Ele poderia implorar, com sua gravata amarela arrastando-se na poeira, poderia pedir por favor a Arturo Bandini, implorar ao grande Arturo para que aceitasse um emprego e Arturo Bandini orgulhosamente lhe daria um chute na barriga e o veria se contorcer na poeira. Ele pagaria, ele pagaria!

Segui para a fábrica da Ford. E por que não? A Ford precisa de homens. Bandini na Ford Motor Company. Uma semana num departamento, três semanas em outro, um mês noutro, seis meses em outro. Dois anos e eu seria o diretor-chefe da Divisão Oeste.

O pavimento cortava a areia branca, uma nova estrada tomada por monóxido de carbono. Na areia, havia mato marrom e gafanhotos. Pedaços de conchas salpicavam o mato. Era terra feita pelo homem, chata e desordenada, com barracos sem pintura, pilhas de madeira, pilhas de latas, torres de petróleo e quiosques de cachorro-quente, de frutas e velhos de todos os lados vendendo pipocas. Acima, os fios telefônicos emitiam um zumbido toda vez que havia uma calmaria no ruído do trânsito. Do leito do canal lamacento vinha o rico fedor de petróleo, espuma e carga estranha.

Caminhei ao longo da estrada com os outros. Pediam carona com os polegares. Eram mendigos com polegares salientes e sorrisos lastimáveis, pedindo migalhas sobre rodas. Nenhum orgulho. Mas não era o meu caso — não Arturo Bandini, com suas pernas poderosas. Não era para ele essa mendicância. Deixe que passem ao largo! Que passem a 150 por hora e encham meu nariz com seus canos de descarga. Um dia tudo seria diferente. Vocês pagarão por isso, todos vocês, cada motorista ao longo dessa estrada. Não vou andar em seus automóveis, ainda que saiam e me implorem e me ofereçam o carro para que eu seja o seu dono, grátis e sem qualquer outra obrigação. Antes disso, morrerei na estrada. Mas meu tempo chegará e então vocês verão meu nome no céu. Então vocês verão, cada um de vocês! Não estou acenando como os outros, com um polegar entortado, por isso não parem. Nunca! Mas vocês pagarão, mesmo assim.

Não queriam me dar carona. Ele matou caranguejos, aquele sujeito ali adiante. Por que lhe dar uma carona? Ele gosta de mulheres de papel nos armários de roupa. Pensem só nisso! Portanto, não lhe deem carona, àquele Frankenstein, àquele sapo na estrada, àquela aranha negra, serpente, cão, rato, tolo, monstro, idiota. Não queriam me dar carona; está bem — e daí? Vejam lá se eu me importo! Ao inferno com todos vocês! Para mim está ótimo. Adoro caminhar com estas pernas que Deus me deu, e por Deus vou caminhar. Como Nietzsche, como Kant. Immanuel Kant. Que sabem vocês sobre Immanuel Kant? Seus tolos em seus V-8s e Chevrolets.

Quando cheguei à fábrica, fiquei plantado lá entre os outros. Deslocavam-se numa massa espessa diante de uma plataforma verde. Os rostos retesados, os rostos frios. Então veio um homem. Não tem trabalho hoje, camaradas. E, no entanto, havia um emprego ou dois, se você sabia pintar, se tinha conhecimento de transmissões, se tinha experiência, se havia trabalhado na fábrica de Detroit.

Mas não havia trabalho para Arturo Bandini. Vi aquilo num relance e não deixei que me recusassem. Estava me divertindo. Esse espetáculo, essa cena de homens diante de uma plataforma me divertia. Estou aqui por um motivo especial, prezado senhor: uma missão confidencial, se assim posso chamá-la, verificando as condições para o meu relatório. O presidente dos Estados Unidos da América me mandou. Franklin Delano Roosevelt, ele me mandou. Frank e eu — éramos assim! Faça-me conhecer o estado das coisas na costa do Pacífico, Arturo; envie-me fatos e cifras de primeira mão; deixe-me saber com suas próprias palavras o que as massas estão pensando lá.

E assim eu era um espectador. A vida é um palco. Aqui, temos drama. Franklin, meu garoto, velho camarada, velho companheiro; aqui, temos drama em estado bruto no coração dos homens. Vou comunicar à Casa Branca imediatamente. Um telegrama em código para Franklin. Frank: Turbulência na Costa do Pacífico. Recomendo mandar 20 mil homens e armas. População em terror. Situação perigosa. Fábrica da Ford em ruínas. Vou tomar conta pessoalmente. Minha palavra é lei aqui. Seu velho amigo, Arturo.

Havia um homem encostado à parede. Seu nariz quase tocava a ponta do queixo, mas ele era feliz e não sabia. Aquilo me divertiu. Muito divertido esse velho. Vou ter de anotar isso para o velho Franklin: ele adora anedotas. Caro Frank: você teria morrido se tivesse visto esse velho! Como Franklin vai adorar isso, abafando um riso ao repetir a história para os membros do seu gabinete. Rapazes, já ouviram a última do meu camarada Arturo, lá na costa do Pacífico? Eu andava para cima e para baixo, um estudioso da humanidade, um filósofo, passando pelo velho com o nariz hilariante. O filósofo no Oeste contempla o cenário humano.

O velho sorriu à sua maneira, e eu sorri à minha. Olhei para ele e ele olhou para mim. Sorriso. Evidentemente, não sabia quem eu era. Sem dúvida, confundiu-me com o resto do rebanho. Muito engraçado isso, grande diversão viajar incógnito. Dois filósofos sorrindo absortamente um para o outro pensando no destino do homem. Ele sentia-se genuinamente gratificado, o velho nariz escorrendo, os olhos azuis cintilando com uma risada quieta. Vestia um macacão azul que o cobria completamente. Ao redor da cintura havia um cinto que não tinha nenhum propósito, um apêndice inútil, meramente um cinto sustentando nada, nem mesmo a barriga, pois era magro. Possivelmente um capricho seu, algo que o fizesse rir quando se vestia de manhã.

O rosto refulgia num sorriso mais amplo, convidando-me a me abrir e dar uma opinião, se assim desejasse; éramos almas afins, ele e eu, e sem dúvida ele enxergava através do meu disfarce e reconhecia uma pessoa de profundidade e importância, alguém que se destacava do rebanho.

— Não muito hoje — disse eu. — A situação, como a vejo, se torna mais aguda a cada dia.

Sacudiu a cabeça com deleite, o velho nariz escorrendo jubilosamente, um Platão resfriado. Um homem muito velho, talvez com 80 anos, usando dentadura, a pele como sapatos velhos,

[51]

um cinto sem sentido e um sorriso filosófico. A massa escura de homens movimentava-se ao nosso redor.

— Carneiros! — falei. — Não passam de carneiros! Vítimas da censura e do sistema americano, escravos bastardos dos Barões Ladrões. Escravos, eu lhes digo! Não aceitaria um emprego nesta fábrica nem se me fosse oferecido numa bandeja de ouro! Trabalhe para esse sistema e perca a sua alma. Não, obrigado. E de que vale a um homem ganhar o mundo e perder sua própria alma?

Ele acenou com a cabeça, sorriu, concordou, acenou pedindo mais. Eu me senti aquecido. Meu assunto favorito. As condições de trabalho na era da máquina, um tópico para um trabalho futuro.

— Carneiros, eu lhes digo! Um monte de carneiros sem coragem!

Os olhos se iluminaram. Puxou um cachimbo e o acendeu. O cachimbo fedia. Quando o tirou da boca, a gosma do seu nariz se esticou colada a ele no ar. Enxugou-a com o polegar e esfregou o polegar contra a perna. Não se deu ao trabalho de limpar o nariz. Não havia tempo para isso quando Bandini falava.

— Isso me diverte — falei. — O espetáculo não tem preço. Carneiros tendo suas almas tosquiadas. Um espetáculo rabelaisiano. Tenho de rir.

E ri até não poder mais. Ele também riu, dando tapas nas coxas e uivando numa nota alta até seus olhos se encherem de lágrimas. Aqui estava um homem em consonância com o meu coração, um homem de humores universais, sem dúvida um homem muito lido, apesar do seu macacão e do cinto inútil. Do bolso tirou um bloco de anotações e um lápis e escreveu no bloco. Agora eu sabia: era um escritor também, naturalmente! O segredo fora descerrado. Acabou de escrever e me passou a nota.

Dizia: Por favor, escreva aqui. Sou surdo de pedra.

Não, não havia trabalho para Arturo Bandini. Saí de lá sentindo-me melhor, contente da vida. Caminhei de volta desejando ter um aeroplano, 1 milhão de dólares, desejando que as conchas do mar fossem diamantes. Irei até o parque. Ainda não sou um carneiro. Leia Nietzsche. Seja um Super-homem. *Assim falou Zaratustra.* Oh, aquele Nietzsche! Não seja um carneiro, Bandini. Preserve a santidade da sua mente. Vá ao parque e leia o mestre debaixo dos eucaliptos.

SETE

Certa manhã acordei com uma ideia. Uma bela ideia, grande como uma casa. Minha maior ideia de todos os tempos, uma obra-prima. Eu encontraria um emprego de gerente noturno num hotel — era essa a ideia. Isso me daria uma oportunidade de ler e trabalhar ao mesmo tempo. Saltei da cama, engoli o café da manhã e desci as escadas de seis em seis degraus. Na calçada, parei um momento e ruminei a minha ideia. O sol escorchava a rua, queimando meus olhos e me acordando de vez. Estranho. Agora que estava bem desperto, a ideia não parecia tão boa, uma daquelas que nos vêm no meio da sonolência. Um sonho, um mero sonho, uma trivialidade. Eu não podia conseguir emprego como gerente noturno nesta cidade portuária pela simples razão de que nenhum hotel nesta cidade portuária usava gerentes noturnos. Uma dedução matemática — bastante simples. Subi de volta as escadas até o apartamento e me sentei.

— Por que saiu correndo desse jeito? — perguntou minha mãe.

— Para me exercitar. Para minhas pernas.

O dia chegou sem nevoeiro. As noites eram noites e nada mais. Os dias não mudavam de um para outro, o sol dourado batendo forte e depois morrendo. Eu estava sempre sozinho. Era difícil lembrar tanta monotonia. Os dias não se mexiam. Ficavam parados como pedras cinzentas. O tempo passou lentamente. Dois meses se arrastaram.

Ia sempre ao parque. Li centenas de livros. Havia Nietzsche e Schopenhauer, Kant e Spengler, Strachey e outros. Oh, Spengler! Que livro! Que peso! Como a lista telefônica de Los Angeles. Dia após dia eu o lia, sem entender nada, nunca me preocupando também, mas lendo porque eu gostava de uma palavra resmungada após a outra marchando através das páginas com ribombos sombrios e misteriosos. E Schopenhauer! Que escritor! Durante dias eu o li e reli, lembrando um pouco aqui, um pouco ali. E as coisas que dizia sobre as mulheres! Eu concordava. Exatamente o que eu pensava sobre a matéria. Ah, meu camarada, que escritor!

Certa vez eu lia no parque. Estava deitado na grama. Havia pequeninas formigas pretas entre as folhas de relva. Olhavam para mim, rastejando sobre as páginas, algumas querendo saber o que eu fazia, outras não interessadas e passando ao largo. Subiram pela minha perna, atônitas numa selva de pelos castanhos, e eu levantei a calça e as matei com o polegar. Fizeram o melhor que podiam para escapar, mergulhando freneticamente para dentro e para fora do matagal, às vezes parando a fim de me enganar com a sua imobilidade, mas nunca, apesar de todos os seus truques, conseguiram escapar à ameaça do meu polegar. Que formigas estúpidas! Formigas burguesas! Tentando enganar alguém cuja mente se nutria da carne de Spengler e Schopenhauer

[55]

e dos grandes! Foi a sua desgraça — o Declínio da Civilização da Formiga. E assim eu ia lendo e matando formigas.

Era um livro chamado *Judeus sem dinheiro*. Que livro aquele! Que mãe naquele livro! Ergui os olhos da mulher nas páginas e ali, diante de mim no gramado, usando sapatos velhos e esquisitos, estava uma mulher com uma cesta nos braços.

Era uma corcunda com um sorriso suave. Sorria suavemente para tudo; não podia evitar; para as árvores, para mim, para a relva, para tudo. A cesta a puxava para baixo, arrastando-a para o chão. Era uma mulher tão minúscula, com um rosto sofrido, como se tivesse levado tapas pela vida afora. Usava um velho chapéu extravagante, um chapéu absurdo, um chapéu enlouquecedor, um chapéu que me fazia chorar, um chapéu com amoras vermelhas desbotadas na aba. E lá estava ela, sorrindo para tudo, arrastando-se pelo gramado com uma cesta pesada contendo sabe Deus o quê, usando um chapéu de plumas com amoras vermelhas.

Levantei-me. Era tudo tão misterioso. Lá estava eu, como mágica, parado, meus dois pés sobre o chão, meus olhos molhados.

Falei: — Deixe-me ajudar.

Ela sorriu de novo e me deu a cesta. Começamos a caminhar. Ela me conduzia. Além das árvores, o ar estava abafado. E ela sorria. Era um sorriso tão doce que quase arrancava minha cabeça. Falava, contava-me coisas que eu nunca lembraria. Não tinha importância. Num sonho ela me prendia, num sonho eu a seguia debaixo do sol ofuscante. Durante quarteirões, seguimos em frente. Esperava que aquilo nunca terminasse. Ela falava sempre numa voz baixa feita de música humana. Que palavras! O que ela dizia! Não lembro nada. Eu estava apenas feliz. Mas em meu coração eu morria. Deveria ter sido assim. Descemos e subimos tantos meios-fios, fiquei imaginando por que ela não se sentava num deles e segurava minha cabeça enquanto eu divagava. Era a oportunidade que nunca mais voltaria.

Aquela velha com as costas dobradas! Velha, eu sinto jubilosamente a sua dor. Peça-me um favor, oh, velha mulher! Qualquer coisa. Morrer é fácil. Faça isso acontecer. Chorar é fácil, levante sua saia e deixe-me chorar e deixe minhas lágrimas lavarem seus pés para fazê-la saber que eu sei o que a vida tem sido para você, porque minhas costas estão vergadas também, mas meu coração está inteiro, minhas lágrimas são deliciosas, meu amor é seu, para lhe dar alegria onde Deus falhou com você. Morrer é tão fácil e você pode ter minha vida se quiser, velha mulher, você me machucou tanto, tanto, farei qualquer coisa por você, morrerei por você, o sangue dos meus 18 anos escorrendo pelas sarjetas de Wilmington até o mar por você, por você, para que possa encontrar tal alegria como a que sinto agora e ficar ereta sem o horror daquela corcunda.

Deixei a velha na porta de sua casa.

As árvores tremulavam. As nuvens gargalhavam. O céu azul me pegou. Onde estou? Isto aqui é Wilmington, Califórnia? Já não estive aqui antes? Uma melodia moveu meus pés. O ar vibrou com Arturo nele, inflando-o e desinflando-o, tornando-o algo e nada. Meu coração riu sem parar. Adeus a Nietzsche, Schopenhauer e todos vocês, seus tolos, sou muito maior do que vocês todos! Através de minhas veias corria a música do sangue. Aquilo iria durar? Não podia durar. Preciso correr. Mas para onde? E corri para casa. Agora estou em casa. Deixei o livro no parque. Aos diabos com ele. Chega de livros para mim. Beijei minha mãe. Agarrei-me a ela apaixonadamente. De joelhos caí a seus pés para beijá-los e me agarrar aos seus tornozelos até que ela sentisse dor e espanto de que aquele fosse eu.

— Perdoe-me — falei. — Perdoe-me, perdoe-me.

— Você? — disse ela. — Certamente. Mas por quê?

Ach! Que mulher tola! Como eu ia saber por quê? Ach! Que mãe. A estranheza passou. Fiquei de pé. Sentia-me um tolo.

[57]

Ruborizei-me num banho de sangue frio. O que era isso? Eu não sabia. A cadeira. Encontrei-a na extremidade da sala e me sentei. Minhas mãos. Estavam atrapalhando; mãos estúpidas! Malditas mãos! Fiz algo com elas, tirei-as do caminho de certa forma. Minha respiração. Ela chiava de horror e medo de algo. Meu coração. Não mais queria rasgar o meu peito, mas encolhera, arrastando-se para o fundo da escuridão dentro de mim. Minha mãe. Observava-me em pânico, com medo de falar, achando-me louco.

— O que é? Arturo! Qual é o problema?

— Não é da sua conta.

— Devo chamar um médico?

— Nunca.

— Está agindo de modo tão estranho. Machucou-se?

— Não fale comigo. Estou pensando.

— Mas o que é?

— A senhora não saberia. A senhora é uma mulher.

OITO

Os dias escoavam. Uma semana passou. A srta. Hopkins estava na biblioteca toda tarde, flutuando sobre pernas brancas e nas dobras dos seus vestidos soltos, numa atmosfera de livros e pensamentos frescos. Eu observava. Eu era como um gavião. Nada que ela fazia me escapava.

E então chegou um grande dia. E que dia foi aquele!

Eu a estava observando das sombras das estantes escuras. Ela segurava um livro, de pé atrás da sua mesa, como um soldado, os ombros para trás, lendo o livro, o rosto tão sério e tão suave, os olhos cinzentos seguindo a trilha de linha após linha. Meus olhos — estavam tão ansiosos e tão famintos que a assustaram. Subitamente, ela ergueu o olhar e seu rosto ficou branco do choque de algo terrível nas suas cercanias. Eu a vi umedecer os lábios e então se virar. Pouco tempos depois, olhei de novo. Era como mágica. Novamente ela estremeceu, olhou ao seu redor apreensiva, colocou os dedos compridos junto à garganta, suspirou e começou a ler. Mais alguns momentos e olhei de novo. Ela ainda segurava o livro. Mas que livro era aquele? Eu não sabia, mas precisava fazer meus olhos percorrerem a trilha de palavras que seus olhos haviam percorrido antes de mim.

Lá fora anoitecia, o sol banhando o chão de dourado. Com pernas brancas silenciosas como fantasmas, ela atravessou a biblioteca até as janelas e ergueu as persianas. Na mão direita balançava aquele livro, roçando contra o vestido enquanto ela caminhava, nas próprias mãos, nas mãos brancas imortais da srta. Hopkins, apertado contra a maciez quente e branca dos dedos.

Que livro! Preciso ter aquele livro! Deus, eu o queria, queria segurá-lo, esmagá-lo contra meu peito, aquele livro ainda com a marca fresca de seus dedos, as impressões dos seus dedos cálidos ainda sobre ele, talvez. Quem sabe? Talvez ela transpire através dos dedos enquanto lê. Maravilhoso! Então a impressão está seguramente nele. Preciso tê-lo. Vou esperar para sempre por ele. E assim esperei até as sete horas, vendo como ela segurava o livro, a posição exata dos dedos maravilhosos que eram tão esguios e brancos, próximos da lombada, a não mais do que uma polegada da borda inferior, seu perfume talvez penetrando naquelas páginas e as perfumando para mim.

Até que finalmente ela acabou o livro. Levou-o até as estantes e enfiou-o num buraco da seção marcada "Biografias". Aproximei-me, procurando um livro para ler, algo que estimulasse minha mente, algo na linha de uma biografia, na linha de uma grande figura, para me inspirar, para tornar minha vida sublime.

Ah, lá estava! O livro mais bonito que já vi, maior que os outros naquela estante, um livro entre livros, a verdadeira rainha da biografia, a princesa da literatura — aquele livro com a encadernação azul. *Catarina de Aragão*. Então era isso! Uma rainha lê sobre outra rainha — é a coisa mais natural. E seus olhos cinzentos haviam seguido a trilha daquelas linhas — então os meus fariam o mesmo.

Preciso tê-lo — mas não hoje. Amanhã eu virei aqui, amanhã. Então a outra bibliotecária, aquela gorda e feia, estará de serviço. Então o livro será meu, todo meu. E assim, até o dia seguinte, escondi o livro atrás dos outros, para que ninguém pudesse pegá-lo enquanto eu não estivesse ali.

Cheguei lá cedo no dia seguinte — às nove horas em ponto. Catarina de Aragão: mulher maravilhosa, a rainha da Inglaterra, a companheira de cama de Henrique VIII — esses dados básicos eu já conhecia. Sem dúvida — a srta. Hopkins havia lido sobre a intimidade de Catarina e Henrique nesse livro. Aquelas partes que lidavam com amor — teriam elas deleitado a srta. Hopkins? Sentira calafrios ao longo da espinha dorsal? Respirara ofegante, seu peito se inflando, e uma coceira misteriosa tomara conta dos seus dedos? Sim, e quem saberia? Talvez ela até gritasse de alegria e sentisse uma agitação misteriosa dentro de si, o chamado da feminilidade. Sim, de fato, nenhuma dúvida a respeito. E uma maravilha também. Uma coisa de grande beleza, um pensamento para se meditar longamente. E assim tomei posse do livro e lá estava ele, entre minhas próprias mãos. Imaginem só! Ontem, ela o havia segurado com seus dedos quentes e próximos, e hoje eram os meus. Maravilhoso. Um ato do destino. Um milagre da sucessão. Quando nos casássemos, eu contaria à srta. Hopkins a respeito. Estaríamos deitados completamente nus na cama e eu a beijaria nos lábios e sorriria suave e triunfalmente e lhe diria que o verdadeiro início do meu amor foi naquele dia em que a vi lendo certo livro. E eu riria de novo, meus dentes brancos brilhando, meus olhos escuros românticos incandescentes enquanto lhe contava finalmente a grande verdade do meu amor provocante e eterno. Então ela se esmagaria contra mim, os belos seios brancos colados em mim, e lágrimas escorreriam por seu rosto enquanto eu a levava para longe em ondas após ondas de êxtase. Que dia!

Segurei o livro perto dos olhos, buscando algum traço de dedos a não mais de duas polegadas da borda inferior. Havia impressões digitais ali, com toda a certeza. Não importa que pertencessem a tantos outros, elas pertenciam unicamente à srta. Hopkins. A caminho do parque, eu as beijava, e as beijava tanto que finalmente desapareceram por completo e somente uma mancha azul úmida permanecia no livro, enquanto na minha boca eu sentia o gosto adocicado da tinta azul. No parque, encontrei meu local favorito e comecei a ler.

Ficava perto da ponte e eu fizera um santuário com pequenos galhos e folhas de relva. Era o trono da srta. Hopkins. Ah, se ela apenas soubesse disso! Mas naquele momento ela estava em sua casa em Los Angeles, bem longe da cena de suas devoções, sem pensar nelas de modo algum.

Rastejei de quatro até o local na beira do lago de lírios onde passeavam percevejos e grilos, e peguei um grilo. Um grilo preto, gordo e bem proporcionado, com energia elétrica em seu corpo. E ele jazia na minha mão, aquele grilo, e ele era eu, o grilo, isto é, ele era eu, Arturo Bandini, preto e imerecido da bela princesa, e eu jazia sobre o meu ventre e o observava rastejar de quatro sobre os lugares que os sagrados dedos brancos dela haviam tocado, ele também desfrutando, ao passar, o gosto doce da tinta azul. Então tentou escapar. Com um pulo, seguiu o seu caminho. Fui forçado a quebrar suas pernas. Não havia absolutamente alternativa.

Eu disse a ele: — Bandini, lamento, mas o dever me obriga. A rainha o deseja, a amada rainha.

Ele rastejou penosamente, atônito, sem saber o que havia acontecido. Oh, bela srta. Hopkins, observe! Oh, rainha de todos os céus e da Terra. Observe! Eu me arrasto aos seus pés, um mero gafanhoto preto, um patife, indigno de ser chamado humano. Aqui estou eu com as pernas quebradas, um insignificante gafanhoto preto, pronto para morrer pela senhora; ou melhor, quase me aproximando da morte. Ah! Reduza-me a cinzas! Dê-me uma nova forma! Faça de mim um homem! Apague a minha vida pela glória do amor eterno e de suas adoráveis pernas brancas!

E eu matei o gafanhoto preto, esmagando-o até a morte depois de adequados adeuses entre as páginas de *Catarina de Aragão*, pobre corpo miserável e indigno estalando e explodindo em êxtase e amor ali naquele sagrado pequeno santuário da srta. Hopkins.

E vejam só! Um milagre: a partir da morte, nasceu a vida eterna. A ressurreição da vida. O gafanhoto não existia mais, mas o poder do amor havia encontrado o caminho e eu era de novo eu mesmo e não mais um gafanhoto, eu era Arturo Bandini e o olmo mais adiante era a srta. Hopkins, e eu me pus de joelhos e coloquei os braços ao redor da árvore, beijando-a em nome do amor eterno, arrancando sua casca com meus dentes e a cuspindo no gramado.

Virei-me e dobrei o corpo para os arbustos na beira do lago. Eles aplaudiram gloriosamente, inclinando-se juntos, sussurrando seu deleite e sua satisfação diante da cena e até exigindo que eu carregasse a srta. Hopkins em meus ombros. Isso eu me recusei a fazer e, com leves piscadas de olhos e movimentos sugestivos, disse-lhes por que, por que a bela rainha não queria ser carregada; se possível, ela queria ser deitada na horizontal, e diante disso todos eles riram e me consideraram o maior amante e herói que já havia visitado o seu país.

— Vocês entendem, camaradas. Preferimos ficar sozinhos, a rainha e eu. Existem muitos negócios pendentes entre nós. Se entendem o que estou dizendo.

Risos e aplausos vibrantes dos arbustos.

[63]

NOVE

Certa noite, meu tio apareceu. Deu a minha mãe algum dinheiro. Só podia ficar um momento. Disse que tinha boas notícias para mim. Quis saber a que ele se referia. Um emprego, disse. Finalmente havia encontrado um emprego para mim. Eu lhe disse que não eram necessariamente boas notícias, porque não sabia que tipo de emprego ele conseguira. Diante disso, ele me mandou calar e então me contou sobre o emprego.

Disse: — Leve isto a ele e diga que fui eu quem o mandou.

Entregou-me um bilhete que já havia escrito.

— Falei com ele hoje — disse. — Está tudo certo. Faça o que mandarem, fique com sua boca tola fechada e ele vai manter você firme no emprego.

— Deveria — falei. — Qualquer paranoico é capaz de trabalhar numa fábrica de enlatados.

— Vamos ver — falou meu tio.

Na manhã seguinte, peguei o ônibus para o porto. Ficava a apenas sete quarteirões de nossa casa, mas, já que eu ia trabalhar, achei melhor não me cansar caminhando demais. A Soyo Fish

Company avolumava-se do canal como uma baleia negra morta. Vapor saía das tubulações e das janelas.

No escritório da frente havia uma garota sentada. Era um estranho escritório. Atrás de uma mesa sem papéis ou lápis, sentava-se essa garota. Era uma garota feia com um nariz aquilino que usava óculos e uma saia amarela. Sentava-se à mesa sem fazer absolutamente nada, sem telefone, sem sequer um lápis a sua frente.

— Olá — disse eu.

— Isso não é necessário — falou ela. — Quem deseja?

Eu lhe disse que queria ver um homem chamado Shorty Naylor. Tinha um bilhete para ele. Ela quis saber do que tratava o bilhete. Passei a ela, que o leu.

— Por piedade — disse. E então me pediu para esperar um minuto. Levantou-se e saiu. Na porta, virou-se e disse: — Não toque em nada, por favor. — Prometi que não tocaria. Num canto do assoalho havia uma lata de sardinhas, fechada. Era tudo o que eu podia ver na sala, além da mesa e da cadeira. É uma maníaca, pensei. Sofre de *dementia praecox*.

Enquanto esperava, podia sentir algo. Um fedor no ar imediatamente começou a sugar o meu estômago. Puxava meu estômago garganta acima. Inclinando-me para trás, senti-o sugado. Comecei a ter medo. Era como um elevador descendo rápido demais.

Então a garota voltou. Estava sozinha. Não — não estava sozinha. Atrás dela, sem ser visto até que ela cedeu espaço, vinha um homenzinho. Era Shorty Naylor. Era muito menor do que eu. Era muito magro. As clavículas saltavam para fora. Não tinha quase dentes na boca, só um ou dois, que eram piores do que nada. Os olhos eram como ostras envelhecidas sobre uma folha de jornal. Gosma de tabaco empastava-se nos cantos da boca como chocolate seco. Tinha o ar de um rato na espreita. Parecia nunca ter saído ao sol, tão pálido era o rosto. Não olhou para meu rosto e sim para minha barriga. Fiquei pensando no que ele via ali. Olhei para baixo. Não havia nada, meramente uma barriga, não maior do que a média e pouco digna de observação. Tirou o bilhete das minhas mãos. As unhas estavam roídas até o sabugo. Leu o bilhete com amargura, muito aborrecido, amassou-o e enfiou-o no bolso.

— A paga é de 25 centavos a hora — disse.

— Isso é absurdo e nefando.

— Mas é assim mesmo.

A garota estava sentada à mesa, observando-nos. Sorria para Shorty. Era como se fosse uma piada. Eu não conseguia ver nada engraçado. Empinei os ombros. Shorty estava pronto para voltar através da porta pela qual chegara.

— O pagamento é de pouca consequência — falei. — Os fatos no caso tornam a questão diferente. Sou um escritor. Interpreto o cenário americano. Meu propósito aqui não é juntar dinheiro, mas juntar material para meu próximo livro, sobre as indústrias pesqueiras da Califórnia. Minha renda, naturalmente, é muito maior do que vou ganhar aqui. Mas isso, eu suponho, não é uma questão de grande consequência no momento, nenhuma.

— Não — disse ele. — A paga é de 25 centavos por hora.

— Não importa. Cinco centavos ou 25. Sob as circunstâncias, não tem a menor importância. Nenhuma. Sou, como digo, um escritor. Eu interpreto o cenário americano. Estou aqui para colher material para meu novo trabalho.

— Oh, pelo amor de Cristo! — disse a garota, virando as costas. — Pelo amor de Deus, faça com que ele saia daqui!

— Não gosto de americanos na minha turma de trabalho — disse Shorty. — Não dão duro como os outros rapazes.

— Ah — disse eu. — É aí que se engana, meu senhor. Meu patriotismo é universal. Não presto juramento a nenhuma bandeira.

— Jesus — disse a garota.

Mas ela era feia. Nada do que pudesse dizer jamais me abalaria. Era feia demais.

— Os americanos não aguentam o tranco — disse Shorty. — Assim que enchem a barriga, vão embora.

— Interessante, sr. Naylor — cruzei os braços e me apoiei nos calcanhares. — Extremamente interessante o que o senhor me diz. Um aspecto sociológico fascinante da situação nas fábricas de enlatados. Meu livro mergulhará nisso com grande detalhe e notas de pé de página. Vou citar suas palavras a respeito. Com toda a certeza.

A garota disse algo impublicável. Shorty raspou um pouco do rolo de tabaco que tinha no bolso e mordeu um pedaço. Foi um bocado grande, enchendo a boca. Ele mal me escutava, eu podia perceber isso pela maneira escrupulosa como mascava o tabaco. A garota havia se sentado na mesa, as mãos cruzadas a sua frente. Ambos nos viramos e olhamos um para o outro. Ela colocou os dedos no nariz e os apertou. Mas o gesto não me perturbou. Ela era feia demais.

— Quer o emprego? — disse Shorty.

— Sim, sob as circunstâncias, sim.

— Lembre-se: é trabalho duro, e não espere favores de mim também. Não fosse pelo seu tio, eu não o contrataria. Mas só vou até aí. Não gosto de vocês, americanos. São preguiçosos. Quando se cansam, abandonam. Enganam demais no serviço.

— Concordo com o senhor perfeitamente, sr. Naylor. A preguiça, se me permite um aparte, a preguiça é a característica predominante do cenário americano. O senhor está me entendendo?

— Não precisa me chamar de senhor. Chame-me de Shorty. Esse é o meu nome.

— Certamente, senhor! Mas, claro, certamente! E Shorty, eu diria, é um apelido dos mais coloridos... um americanismo típico. Nós, escritores, volta e meia nos deparamos com ele.

[67]

Isso não o agradou nem o impressionou. Seu lábio se retorceu. Na mesa, a garota resmungava.

— Não me chame de senhor também — disse Shorty. — Não gosto dessa merda de fala empolada.

— Leve-o embora daqui — disse a garota.

Mas não fiquei de modo algum perturbado pelas observações de uma pessoa tão feia. Aquilo me divertia. Como era feio o seu rosto! Era ridículo demais para ser descrito em palavras. Eu ri e dei uns tapinhas nas costas de Shorty. Eu era baixo, mas me avolumava diante desse homenzinho. Sentia-me grande — um gigante.

— Muito divertido, Shorty. Adoro seu humor nativo. Muito divertido. Muito divertido mesmo. Há, há, há. Muito divertido.

— Não vejo nada divertido — disse ele.

— Mas é divertido! Se é que acompanha o meu pensamento.

— Aos diabos com o seu pensamento. Você é que vai me acompanhar.

— Sim, eu o acompanho, com certeza. Eu o acompanho.

— Não — disse ele. — Quero dizer para você me acompanhar agora. Vou colocá-lo na turma da rotulagem.

Quando atravessamos a porta dos fundos, a garota se virou para nos observar.

— E fique fora daqui! — disse ela.

Mas não lhe dei nenhuma atenção. Era feia demais.

Estávamos dentro da fábrica de enlatados de peixe. O edifício de ferro corrugado era como uma masmorra escura e quente. A água escorria das longarinas. Massas informes de vapor marrom e branco pairavam intumescidas no ar. O piso verde estava escorregadio de óleo de peixe. Atravessamos uma sala comprida onde mexicanas e japonesas estavam de pé diante de mesas cortando as vísceras de cavalinhas com peixeiras. As mulheres estavam envoltas em pesadas roupas impermeáveis, os pés protegidos por botas de borracha enterradas até os tornozelos em tripas de peixe.

[68]

O fedor era insuportável. Imediatamente fiquei enjoado, um enjoo de água quente e mostarda. Outros 10 passos através da sala e senti um engulho, o café da manhã subindo pela garganta, eu me dobrei e deixei que saísse. Minhas entranhas saltaram para fora. Shorty riu. Bateu nas minhas costas e gargalhou. Então os outros se manifestaram. O patrão estava rindo de algo, eles riram também. Odiei aquilo. As mulheres ergueram os olhos do seu trabalho para ver, e riram também. Que divertido! No horário da firma também! Vejam o patrão rindo! Algo deve estar acontecendo. Então vamos rir também. O trabalho parou na sala de esquartejamento. Todo mundo ria. Todo mundo, exceto Arturo Bandini.

Arturo Bandini não ria. Estava vomitando suas vísceras no chão. Eu odiava cada um deles e jurei vingança, afastando-me dali cambaleante, desejando ficar fora de vista em algum lugar. Shorty me conduziu pelo braço até outra porta. Encostei-me à parede e recobrei o fôlego. Mas o fedor atacou de novo. As paredes rodaram, as mulheres riram, Shorty riu e Arturo Bandini, o grande escritor, vomitava de novo. E como vomitava! As mulheres iriam para casa essa noite e falariam a respeito. Aquele sujeito novo! Deviam só ver a sua cara! E eu as odiei e até parei de vomitar por um momento para refletir e me deleitar que esse era o maior ódio que já sentira na vida.

— Sente-se melhor? — disse Shorty.

— Claro — disse eu. — Não foi nada. As idiossincrasias de um estômago artístico. Um mero senão. Algo que comi, talvez.

— Está certo!

Entramos na outra sala. As mulheres ainda riam no horário do expediente. Na porta, Shorty Naylor se virou com uma carranca no rosto. Nada mais. Meramente fez uma carranca. Todas as mulheres pararam de rir. O espetáculo havia terminado. Elas voltaram ao trabalho.

Agora estávamos na sala onde as latas eram rotuladas. A turma de operários era formada por rapazes mexicanos e filipinos. Alimentavam as máquinas a partir das esteiras transportadoras planas. Vinte ou mais deles, da minha idade e mais, todos parando para ver quem eu era e se dando conta de que um novo homem ia começar a trabalhar.

— Fique parado e observe — disse Shorty. — Entre na dança quando perceber como eles fazem a coisa.

— Parece muito simples — falei. — Já estou pronto.

— Não. Espere uns minutos.

E saiu.

Fiquei parado observando. Era uma coisa muito simples. Mas meu estômago não queria nada com aquilo. Num momento eu estava vomitando de novo. E as risadas. Mas esses rapazes não eram como as mulheres. Realmente achavam engraçado ver Arturo Bandini passando mal.

Aquela primeira manhã não teve princípio nem fim. Entre vomitadas, caí em convulsões no meio das latas. E disse a eles quem eu era. Arturo Bandini, o escritor. Não ouviram falar de mim? Vão ouvir! Não se preocupem. Vão ouvir! Meu livro sobre as indústrias pesqueiras da Califórnia. Vai ser o livro de referência no assunto. Eu falava rápido, entre vômitos.

— Não estou aqui permanentemente. Estou juntando material para um livro sobre as fábricas de enlatados pesqueiros da Califórnia. Sou Bandini, o escritor. Esse emprego não é o essencial. Posso dar meus vencimentos para obras de caridade, como o Exército de Salvação.

E vomitei de novo. Agora não havia mais nada no meu estômago, exceto aquilo que nunca saía. Debrucei-me e sufoquei, um escritor famoso com os braços ao redor da cintura, contorcendo-se e sufocando. Mas não saía nada. Alguém parou de rir o tempo suficiente para me dizer que eu devia beber água. Ei, escritor!

[70]

Bébi água! Encontrei um bebedouro e bebi água. Ela saiu num jorro enquanto eu corria para a porta. E eles riram. Oh, aquele escritor! Que escritor ele era! Vejam só ele escrevendo!

— Isso vai passar — e riram.

— Vá pra casa — disseram. — Vá escrever um livro. Seu escritor. É bom demais para a fábrica de *peixi* enlatado. Vá pra casa e escreva um livro sobre vômito.

Gargalhadas histéricas.

Caminhei até o lado de fora e me estendi numa pilha de redes de pescar ao calor do sol entre dois prédios distantes da rua principal que beirava o canal. Acima do zumbido da maquinaria, eu conseguia ouvi-los rindo. Não me importava de modo algum. Tinha vontade de dormir. Mas as redes de pescar não eram um bom lugar, impregnadas do cheiro de cavalinha e sal. Num momento, as moscas me descobriram. Aquilo tornou a coisa ainda pior. Logo, todas as moscas do porto de Los Angeles haviam recebido notícias a meu respeito. Rastejei para fora das redes até um trecho de areia. Foi maravilhoso. Estendi os braços e deixei meus dedos encontrarem locais frescos na areia. Nunca senti coisa tão boa na vida. Até mesmo as pequenas partículas de areia sopradas por minha respiração eram doces em meu nariz e minha boca. Um minúsculo percevejo da areia parou num montinho para investigar a comoção. Normalmente eu o teria matado sem hesitar. Olhou nos meus olhos, parou e se aproximou. Começou a escalar meu queixo.

— Vá em frente — falei. — Não me incomodo. Pode entrar na minha boca, se quiser.

Ele passou por meu queixo e o senti fazer cócegas em meus lábios. Tive de mirar com os olhos cruzados para vê-lo.

— Venha — disse eu. — Não vou machucá-lo. Isto é um feriado.

Subiu até minhas narinas. Então eu adormeci.

Um apito me acordou. Eram 12 horas, meio-dia. Os operários saíram em fila dos edifícios. Mexicanos, filipinos e japoneses. Os japoneses estavam ocupados demais para olhar para outro lugar que não diretamente à frente. Passaram apressadamente. Mas os mexicanos e os filipinos me viram estendido na areia e riram de novo, pois lá estava ele, aquele grande escritor, deitado como um bêbado.

Espalhara-se por toda a fábrica, a essa altura, que uma grande personalidade estava no meio deles, nada menos do que aquele imortal Arturo Bandini, o escritor, e lá estava ele, sem dúvida compondo algo para a eternidade, este grande escritor que fazia dos peixes a sua especialidade, que trabalhava por meros 25 centavos por hora porque era tão democrático, aquele grande escritor. Tão grande era ele, na verdade, que — bem, lá estava ele estirado sobre sua barriga ao sol, vomitando suas entranhas, enjoado demais para suportar o cheiro sobre o qual ia escrever um livro. Um livro sobre as indústrias pesqueiras da Califórnia! Oh, que escritor! Um livro sobre o vômito da Califórnia! Oh, que grande escritor ele é!

Risadas.

Trinta minutos se passaram. O apito tocou de novo. Voltaram todos numa torrente deixando os balcões dos restaurantes. Rolei de lado e os vi passar, em formas desfocadas, um sono bilioso. O sol brilhante dava nojo. Enterrei o rosto no braço. Ainda se divertiam com aquilo, mas não tanto como antes, porque o grande escritor estava começando a aturá-los. Erguendo a cabeça, eu os vi através de olhos viscosos enquanto a corrente passava. Mordiam maçãs, lambiam barras de sorvete, comiam doces cobertos por chocolate de embalagens ruidosas. A náusea voltou. Meu estômago roncou, escoiceou, rebelou-se.

— Ei, escritor! Ei, escritor! Ei, escritor!

Eu os ouvi reunindo-se ao meu redor, as risadas e os cacarejos. Ei, escritor! As vozes eram ecos estilhaçados. A poeira dos seus pés rolava em nuvens preguiçosas. Então, mais alta do que nunca, uma boca contra meu ouvido e um grito. Eeeei, escritor! Braços me agarraram, me ergueram e me viraram. Antes que acontecesse, eu sabia o que iam fazer. Era a sua ideia de um episódio realmente engraçado. Iam enfiar um peixe pela minha cintura abaixo. Eu sabia disso sem sequer ter visto o peixe. Fiquei deitado sobre minhas costas. O sol do meio-dia untava meu rosto. Senti dedos em minha camisa e o som de tecido rasgado. Claro! Exatamente como eu previra! Iam enfiar aquele peixe pela minha cintura abaixo. Mas nunca cheguei a ver o peixe. Fiquei de olhos fechados. Então algo frio e viscoso apertou meu peito e foi empurrado para baixo sob meu cinto: aquele peixe! Os imbecis. Eu sabia muito tempo antes que eles soubessem. *Sabia* justamente que iam fazer aquilo. Mas não me importava de modo algum. Um peixe a mais ou a menos não ia importar agora.

DEZ

O tempo passou. Talvez meia hora. Coloquei a mão em minha camisa e senti o peixe contra minha pele. Passei os dedos pela superfície, sentindo suas barbatanas e a cauda. Agora me sentia melhor. Puxei o peixe para fora, ergui-o diante de mim e olhei para ele. Uma cavalinha com 30 centímetros de comprimento. Retive a respiração para não a cheirar. Coloquei-a então na minha boca e cortei a cabeça com os dentes. Lamentei que já estivesse morta. Joguei-a de lado e fiquei de pé. Havia algumas moscas grandes fazendo uma festa em meu rosto e na mancha úmida em minha camisa onde o peixe ficara encostado. Uma mosca atrevida pousou no meu braço e teimosamente se recusou a se mexer, embora eu a avisasse sacudindo o braço. Isso me deixou loucamente furioso. Dei-lhe uns tapas, matando-a sobre meu braço. Mas ainda estava tão furioso com ela que a coloquei na minha boca, mastiguei em pedaços e cuspi longe. Então peguei o peixe de novo, coloquei-o num local plano da areia e pisei nele até que estourou todo. A brancura do meu rosto era algo que eu podia sentir, como gesso. Toda vez que me mexia, uma centena de moscas se dispersava. As moscas eram tão tolas e idiotas. Fiquei parado, matando-as, mas mesmo as mortas entre elas não ensinavam nada às vivas. Ainda insistiam em me incomodar. Por algum tempo, fiquei parado pacientemente e quieto, mal respirando, vendo as moscas se colocarem numa posição em que pudesse matá-las.

A náusea tinha passado. Eu esquecera aquela parte da história. O que eu detestava eram as risadas, as moscas e os peixes mortos. De novo, desejava que aquele peixe estivesse vivo. Receberia uma lição que tão cedo não esqueceria. Eu não sabia o que aconteceria a seguir. Eu ficaria quite com eles. Bandini nunca esquece. Ele acha um jeito. Vão pagar por isso — todos vocês.

Bem do outro lado ficava o lavatório. Parti para ele. Duas moscas petulantes me seguiram. Parei de chofre, cheio de ira, imóvel como uma estátua, esperando que as moscas pousassem. Finalmente peguei uma delas. A outra escapou. Arranquei as asas da mosca e a coloquei no chão. Ela se arrastou pela sujeira, dardejando como um peixe, achando que ia escapar de mim com aquela tática. Era um absurdo. Por algum tempo, deixei que seguisse o seu coração. Então pulei sobre ela com os dois pés e a esmigalhei no chão. Construí um montinho sobre o local e cuspi nele.

No lavatório, fiquei oscilando como uma cadeira de balanço, imaginando o que faria a seguir, tentando tomar pé na situação. Havia operários demais para uma briga. Eu já tinha acertado as contas com as moscas e o peixe morto, mas não com os operários da fábrica de enlatados. Não era possível matar operários de enlatados como se matavam moscas. Tinha de ser outro tipo de coisa, alguma espécie de luta sem punhos. Lavei o rosto na água fria e pensei a respeito.

Entrou um filipino no lavatório. Era um dos rapazes da turma da rotulagem. Postou-se diante da calha do mictório que corria ao longo da parede, lutando impacientemente com os botões da braguilha e franzindo a testa. Então resolveu o problema dos botões e se aliviou, sorrindo o tempo todo e tremendo um pouco para ajudar a tarefa. Agora se sentia bem melhor. Debrucei-me sobre a pia da parede oposta e deixei a água correr através dos meus cabelos e pelo meu pescoço. O filipino se virou e começou de novo a lutar com os botões. Acendeu um cigarro e ficou encostado contra a parede me observando. Fazia aquilo de propósito, observando-me de tal modo que eu soubesse que estava me observando e nada mais. Mas eu não tinha medo dele. Nunca tive medo dele. Ninguém na Califórnia nunca sentiu medo de um filipino. Ele sorriu para me dar a entender que também não me tinha em grande conta, com o meu estômago fraco. Empertiguei-me e deixei a água escorrer do meu rosto. Caiu nos meus sapatos empoeirados, deixando pingos brilhantes sobre eles. O filipino me desdenhava cada vez mais. Agora não sorria, mas zombava.

— Como está? — disse.

— Isso não é da sua conta!

Era esguio e de altura mediana. Eu não era grande como ele, mas era talvez tão pesado quanto. Olhei-o de soslaio da cabeça aos pés. Cheguei até a empinar o queixo e recolhi o lábio inferior para denotar o zênite do desprezo. Devolveu-me o olhar de soslaio, mas de um modo diferente, sem projetar o queixo. Não tinha nenhum medo de mim. Se algo não acontecesse para nos interromper, sua coragem logo cresceria tanto que ele me insultaria.

Sua pele era marrom-escura. Notei porque seus dentes eram muito brancos. Eram dentes brilhantes, como uma fileira de pérolas. Quando vi como era moreno, eu subitamente soube o que lhe dizer. Podia dizer a todos eles. Aquilo os machucaria toda vez. Sabia por que uma coisa daquelas me machucara. Na escola primária, os meninos me magoavam me chamando de carcamano e imigrante. Machucava a cada vez. Era um sentimento terrível. Deixava-me tão arrasado, tão imprestável. E eu sabia que machucaria o filipino também. Era tão fácil fazer aquilo que de repente me vi rindo silenciosamente dele, e fui tomado por uma sensação fresca e confiante, em paz com tudo. Eu não podia falhar. Aproximei-me dele e coloquei o rosto perto do dele, sorrindo do jeito que ele sorria. Ele podia sentir que algo estava para acontecer. Imediatamente sua expressão mudou. Estava à espera — do que quer que fosse.

— Me dê um cigarro — falei. — Seu negro.

Aquilo o atingiu. Ah, como sentiu o golpe. Instantaneamente houve uma mudança, uma troca de sentimentos, o movimento da ofensa para a defesa. O sorriso se petrificou no seu rosto e seu rosto se congelou: queria continuar sorrindo, mas não conseguia. Agora me odiava. Seus olhos se aguçaram. Era uma sensação maravilhosa. Não podia escapar de suas contorções. Estavam abertas para todo mundo ver. Aquilo acontecera comigo também. Certa vez, numa drogaria, uma garota me chamara de carcamano. Eu lhe havia oferecido uma casquinha de sorvete. Não quis aceitar, dizendo que a mãe lhe dissera para não ter nada a ver comigo porque eu era um carcamano. Decidi que faria aquilo com o filipino de novo.

— Você nem chega a ser um negro — falei. — É um maldito de um filipino, o que é pior.

Agora seu rosto não estava marrom nem preto. Estava roxo.

— Um filipino amarelo. Um desgraçado de um imigrante oriental! Não se sente mal por conviver com pessoas brancas?

Ele não queria falar a respeito. Sacudiu a cabeça rapidamente na negativa.

[77]

— Cristo — falei. — Olhe só para a sua cara! É amarelo como um canário.

E eu ri. Dobrei-me para a frente e gargalhei bem alto. Apontei o dedo para o seu rosto e gargalhei até que não podia mais fingir que a risada era genuína. Seu rosto estava duro como gelo, dorido e humilhado, a boca perdida no desamparo, como uma boca presa na ponta de uma vara, incerta e dolorida.

— Rapaz! — falei. — Você quase me enganou. O tempo todo eu achava que era um negro. E agora descubro que é um amarelo.

Então ele amaciou. O rosto pegajoso se afrouxou. Deu um sorriso fraco de gelatina e água. Todas as cores passaram pelo rosto. Olhou para a frente da sua camisa e afastou com a mão um naco de cinzas de cigarro. Então ergueu os olhos.

— Sente-se melhor agora? — perguntou.

Eu disse: — O que lhe importa? Você é um filipino. Vocês, filipinos, não enjoam porque estão acostumados com essa merda. Sou um escritor, camarada! Um escritor americano, meu camarada! Não um escritor filipino. Não nasci nas Ilhas Filipinas. Nasci bem aqui, no bom e velho Estados Unidos, debaixo da bandeira das estrelas e listras.

Dando de ombros, ele não entendia grande parte do que eu dizia.

— Eu não ser escritor — sorriu. — Não, não, não. Nasci em Honolulu.

— É justamente isso! — falei. — Essa é a diferença. Eu escrevo livros, meu camarada! O que é que vocês, orientais, esperam? Escrevo livros na língua-mãe, a língua inglesa. Não sou nenhum oriental escorregadio.

Pela terceira vez, ele disse: — Está se sentindo melhor agora?

— O que você espera! — falei. — Escrevo livros, seu imbecil! Tomos! Não nasci em Honolulu. Nasci bem aqui, no velho e bom sul da Califórnia.

Ele deu um peteleco no cigarro, jogando-o até a calha de mijo no outro lado do lavatório. Atingiu a parede soltando fagulhas e depois caiu, não na canaleta, mas no chão.

— Eu vou agora — disse ele. — Você vem logo em seguida, não?

— Me dê um cigarro.

— Não tenho nenhum.

Dirigiu-se para a porta.

— Não mais. Foi o último.

Mas havia um maço se avolumando no bolso de sua camisa.

— Seu filipino mentiroso — disse eu. — E o que é isto?

Ele sorriu e puxou o maço, oferecendo-me um. Eram de uma marca mais barata, um cigarro de 10 centavos. Refuguei-os.

— Cigarros filipinos. Não, obrigado. Pra mim não.

Estava tudo bem para ele.

— Vejo você depois — disse.

— Não se eu o enxergar primeiro.

Foi-se embora. Ouvi seus pés se afastando no caminho de cascalho. Eu estava sozinho de novo. Fiquei sozinho. A guimba que descartara estava caída no chão. Arranquei a parte úmida e fumei até as pontas dos dedos. Quando não podia mais segurar a guimba, deixei-a cair e esmaguei com o calcanhar. Isto é para você! E a reduzi a uma mancha marrom. Tinha um gosto diferente dos cigarros comuns. De certo modo, tinha mais o gosto de um filipino do que de tabaco.

Estava fresco no lavatório com tanta água sempre correndo pela calha de mijo. Fui até a janela e relaxei, com o rosto nas mãos, vendo o sol da tarde marcar uma barra de prata através da poeira. Havia um aramado cobrindo a janela, com buracos de quatro centímetros quadrados. Pensei no Buraco Negro de Calcutá. Os soldados ingleses tinham morrido numa sala não maior do que essa. Mas essa era uma sala de um tipo totalmente diferente. Havia mais ventilação nela. Toda essa divagação era apenas momentânea. Não tinha nada a ver com nada. Todas as salas pequenas me lembravam do Buraco Negro de Calcutá, e aquilo me fazia pensar em Macaulay. O fedor era suportável agora; era desagradável, mas me acostumara a ele. Sentia fome, sem apetite, mas não podia pensar em comida. Ainda tinha de encarar de novo os rapazes da turma de rotulagem. Procurei outra guimba, mas não achei nenhuma. Então saí.

Três garotas mexicanas desceram o caminho até o lavatório. Tinham acabado de vir da sala de esquartejamento. Contornei a quina do edifício, que tinha uma reentrância, como se um caminhão a tivesse esmagado. As garotas me viram e eu as vi. Estavam bem no meio do caminho. Juntaram suas cabeças. Diziam que aí estava aquele escritor de novo, ou coisa parecida.

Eu me aproximei. A garota de botas acenou com a cabeça para mim. Quando cheguei mais perto, todas sorriram. Retribuí o sorriso. Estávamos a três metros de distância. Eu podia sentir a garota de botas. Isso por causa de seus seios empinados, eles me excitavam tanto, repentinamente, mas não era nada, somente um lampejo, algo para pensar depois. Parei no meio do caminho. Abri as pernas e barrei a passagem. Assustadas, elas reduziram o passo; o escritor estava inventando algo. A garota de touca falou acaloradamente com a garota de botas.

— Vamos voltar — disse a garota de botas.

Eu podia senti-la de novo e decidi pensar muito nela numa outra ocasião. Então a terceira garota, a garota que fumava um cigarro, falou num espanhol rápido e afiado. As três empinaram a cabeça com arrogância e partiram para mim. Dirigi-me à garota de botas. Era a mais bonita. Não valia a pena nem falar das outras, que tinham uma aparência muito inferior.

— Muito bem — falei. — Saudações às três belas garotas filipinas!

Não eram filipinas de jeito algum, eu sabia disso e elas sabiam que eu sabia. Investiram com arrogância, o nariz no ar. Tinha de sair do seu caminho ou ser atropelado e jogado à margem. A garota de botas tinha braços brancos com curvas tão suaves como as de uma garrafa de leite. Mas ao me aproximar dela vi que era feia, com pequenas sardas roxas e uma mancha de pó de arroz na garganta. Foi um desapontamento. Ela se virou e fez uma careta para mim; mostrou a língua rosada e girou a mão com a ponta do polegar sobre o nariz.

Foi uma surpresa e fiquei feliz, porque eu era um especialista em fazer caretas horríveis. Baixei minhas pálpebras, mostrei os dentes e inchei as bochechas. A careta que fiz foi muito mais horrenda do que a dela. Ela recuou, me encarando, a língua rosada para fora, fazendo todo tipo de caretas, mas todas elas variações do tipo de mostrar a língua. Cada careta minha era bem melhor que as dela. As duas outras garotas passaram reto. As botas da garota de botas eram grandes demais para seus pés; chapinhavam na poeira enquanto ela caminhava para trás. Eu gostava da maneira como a bainha do seu vestido drapejava sobre suas pernas, a poeira subindo como uma grande flor cinzenta ao redor dela.

— Isso não é maneira de uma garota filipina se comportar! — falei.

Aquilo a enfureceu.

— *Não* somos filipinas! — gritou. — *Você* é o filipino! Filipino! Filipino!

Agora as outras garotas se viraram. Aderiram ao refrão. Todas as três caminhavam para trás, de braços dados, e entoavam uma canção numa voz aguda:

— Filipino! Filipino! Filipino!

Fizeram caretas e torceram o nariz para mim. A distância entre nós aumentou. Levantei o braço para que ficassem quietas

[81]

por um minuto. Elas haviam feito a maior parte da falação e da gritaria. Eu ainda não havia dito nada. Mas continuavam na sua cantilena. Acenei com os braços e coloquei o dedo sobre os lábios para pedir silêncio. Finalmente consentiram em parar e me ouvir. Por fim, a palavra era minha. Estavam tão longe e havia tanto barulho vindo dos edifícios que tive de colocar as mãos em concha junto à boca e gritar:

— Peço-lhes desculpas! — berrei. — Desculpem-me por cometer um erro! Sinto muito, de verdade! Pensei que fossem filipinas. Mas não são. São muito pior! São mexicanas! São latinas! São putas chicanas! Putas chicanas! Putas chicanas!

Eu estava a 30 metros de distância, mas pude sentir sua súbita apatia. Baixou sobre cada uma delas, abalando-as, magoando-as silenciosamente, cada uma com vergonha de admitir a dor à outra, mas revelando a chaga secreta através de sua imobilidade. Aquilo acontecera antes comigo também. Certa vez, eu surrei um menino numa briga. Senti-me bem, até que comecei a me afastar dele. Ele se levantou e correu para sua casa, gritando que eu era um carcamano. Havia outros meninos nas redondezas. Os gritos do menino em fuga me fizeram sentir como as garotas mexicanas se sentiam. Agora eu ria das garotas mexicanas. Ergui a boca ao céu e ri, sem me virar uma só vez para olhar para trás, mas rindo tão alto que sabia que elas me ouviram. Então entrei na fábrica.

— Há, há, há! — gritei. — Palavras, palavras, palavras!

Mas eu me senti maluco por ter feito aquilo. E elas também me acharam maluco. Olharam pasmas uma para a outra e depois olharam de novo para mim. Não sabiam que eu estava tentando ridicularizá-las. Não, do jeito como sacudiam a cabeça, estavam convencidas de que eu era um lunático.

Agora era a vez dos rapazes na sala de rotulagem. Isso ia ser o mais difícil. Entrei caminhando com passos rápidos e firmes, assobiando o tempo todo e respirando fundo para lhes mostrar que a fedentina não causava nenhum efeito sobre mim. Cheguei até a esfregar meu peito e disse "Ah!". Os rapazes estavam agrupados em torno da pilha de latas, organizando o fluxo das latas enquanto elas rolavam em direção da esteira sebosa que as conduzia até as máquinas. Amontoavam-se ombro a ombro ao redor do depósito quadrado que media três metros de lado. A sala estava tão ruidosa quanto fedorenta, cheia de todo tipo de odores de peixe morto. Havia tanto barulho que não notaram a minha chegada. Enfiei os ombros entre dois mexicanos grandalhões que conversavam enquanto trabalhavam. Provoquei uma grande agitação, contorcendo-me e abrindo caminho entre eles. Então olharam do alto e me viram entre eles. Aquilo os aborreceu. Não conseguiam entender o que eu estava tentando fazer até que os separei com meus cotovelos e meus braços ficaram finalmente livres.

Gritei: — Ponham-se de lado, seus latinos sebentos!

— Bah! — disse o mexicano maior. — *Déjalo* sozinho, Joe. O anãozinho *hijo de una puta* é maluco.

Mergulhei no trabalho, endireitando latas e posicionando-as nas esteiras rolantes. Estavam me deixando em paz, seguramente, com bastante liberdade. Ninguém falava. Eu me sentia a sós de verdade. Sentia-me como um cadáver e que a única razão de estar ali era porque eles não podiam pensar nada a respeito.

A tarde caiu.

Só parei de trabalhar duas vezes. Uma, para beber um pouco de água; a outra para escrever alguma coisa no meu caderninho de notas. Cada um deles parou de trabalhar para me observar quando pisei fora da plataforma para fazer uma anotação no meu caderno. Isso era para lhes provar sem dúvida alguma que afinal eu não estava enganando, que eu era um escritor de verdade entre eles, a coisa real, e não um impostor. Examinei cada rosto e cocei a orelha com um lápis. Então, por um segundo, olhei

[83]

para o espaço. Finalmente estalei os dedos para mostrar que o pensamento que eu buscava chegou voando em cores. Coloquei o caderno sobre o joelho e escrevi.

Escrevi: Amigos, romanos e compatriotas! Toda a Gália se divide em três partes. Vais a uma mulher? Não se esqueça do chicote. Tempo e maré não esperam por nenhum homem. Debaixo do frondoso castanheiro está o ferreiro da aldeia. Então parei para assinar com um floreio: Arturo G. Bandini. Não podia pensar em outra coisa. Com olhos esbugalhados, eles me observaram. Decidi que precisava pensar em alguma outra coisa. Mas aquilo foi tudo. Minha mente havia deixado de funcionar por completo. Não podia pensar em outro item, nem mesmo outra palavra que fosse, sequer meu próprio nome.

Coloquei o caderno de volta no bolso e assumi o meu lugar diante do depósito de latas. Nenhum deles disse uma palavra. Agora suas dúvidas estavam certamente avivadas. Não tinha eu parado de trabalhar para escrever um pouco? Talvez tivessem me julgado precipitadamente demais. Eu esperava que alguém me perguntasse o que havia escrito. Rapidamente eu lhe diria que não era nada importante, apenas uma anotação referente às condições do trabalho estrangeiro em meu relatório regular à Comissão de Meios e Recursos do Congresso; nada que você entenderia, meu velho; é profundo demais para explicar agora; em outra ocasião, talvez durante o almoço um dia desses.

Agora começaram a falar de novo. Então riram todos juntos. Mas era tudo espanhol para mim e eu não entendi nada.

O garoto chamado Jugo saltou da linha de montagem como eu havia feito e puxou um caderno do bolso também. Correu aonde eu havia me postado com o meu caderno de notas. Por um segundo, achei que devia ser realmente um escritor que havia observado algo valioso. Assumiu a mesma posição que eu havia assumido. Coçou as orelhas do jeito que eu havia coçado a minha. Olhou para o espaço além como eu havia olhado. E então escreveu. As gargalhadas rolaram.

— Mim escritor também! — disse ele. — Vejam!

Segurou o caderno no alto para que todos pudéssemos ver. Tinha desenhado uma vaca. O rosto da vaca estava salpicado como se fosse de sardas. Debaixo da vaca ele escreveu "Escritor". Carregou o caderno ao redor do depósito de latas.

— Muito engraçado — disse eu. — Comédia de latino sebento.

Eu o odiava tanto que aquilo me causava náuseas. Odiava cada um deles e as roupas que usavam e tudo em relação a eles. Trabalhamos até as seis horas. Toda aquela tarde Shorty Naylor não apareceu. Quando o apito tocou, os rapazes largaram tudo e abandonaram a plataforma. Fiquei mais alguns minutos, recolhendo latas que haviam caído ao chão. Torcia para que Shorty voltasse naquele momento. Durante 10 minutos trabalhei, mas não apareceu vivalma para me observar e então larguei tudo enojado, jogando todas as latas de novo ao chão.

Onze

Às seis e quinze, eu estava a caminho de casa. O sol caía atrás dos grandes armazéns das docas e as longas sombras tocavam o chão. Que dia! Que dia infernal! Eu caminhava conversando comigo mesmo a respeito do dia, discutindo-o. Sempre fazia isso, falava em voz alta comigo mesmo num sussurro forte. Geralmente era divertido, porque eu sempre tinha as respostas certas. Mas não aquela noite. Eu detestava o resmungo que se desenrolava dentro da minha boca. Era como o zumbido de uma abelha encurralada. Aquela parte minha, que fornecia respostas a minhas perguntas, dizia: Oh, seu doido! Seu maluco mentiroso! Seu idiota! Seu asno! Por que não diz a verdade de vez em quando? O erro é seu, portanto deixe de tentar botar a culpa em outra pessoa.

Atravessei o pátio da escola. Perto da grade de ferro, uma palmeira crescia sozinha. A terra fora revolvida recentemente e em volta das raízes uma árvore jovem que eu nunca vira antes crescia naquele lugar. Havia uma placa de bronze no pé da árvore. Dizia: Plantada pelas crianças de Banning High em comemoração ao Dia das Mães.

Tomei um galho da árvore entre meus dedos e troquei um aperto de mãos com a palmeira.

— Olá — falei. — Você não estava aqui, mas de quem diria que foi a culpa?

Era uma árvore pequena, não maior do que eu, e não tinha mais do que um ano de idade. Respondeu com um suave drapejar de suas folhas.

— As mulheres — falei. — Acha que tiveram algo com isso?

Nem uma palavra da árvore.

— Sim. A culpa é das mulheres. Elas escravizaram a minha mente. São as únicas responsáveis pelo que aconteceu hoje.

A árvore oscilou levemente.

— As mulheres têm de ser aniquiladas. Positivamente aniquiladas. Devo tirá-las da minha mente para sempre. Elas, e só elas, fizeram de mim o que sou hoje. Esta noite as mulheres morrem. Esta é a hora da decisão. Chegou o momento. Meu destino está claro diante de mim. É morte, morte, morte para as mulheres esta noite. Tenho dito.

Apertei a mão da árvore de novo e atravessei a rua. Viajava comigo o fedor de peixe, uma sombra que não podia ser vista, mas cheirada. Subiu comigo os degraus do apartamento. No momento em que pisei dentro do apartamento o cheiro estava por toda a parte, espalhando-se por todo canto. Como uma flecha, viajou até as narinas de Mona. Ela saiu do quarto com uma lixa de unhas na mão e um olhar inquisidor.

— Fiuuu! — disse. — Mas o que *é* isso?

— Sou eu. O cheiro do trabalho honesto. E daí?

Colocou um lenço sobre o nariz.

Eu disse: — É provavelmente delicado demais para as narinas de uma freira santificada.

[87]

Minha mãe estava na cozinha. Ouviu nossas vozes. A porta se escancarou e ela emergiu, entrando na sala. O fedor a atacou. Voou sobre sua cara como uma torta de limão das comédias baratas. Ficou paralisada. Uma farejada e seu rosto se retesou. Então retrocedeu.

— Sinta o cheiro dele — disse Mona.

— Acho que cheirei *alguma coisa*! — disse minha mãe.

— Sou eu. O cheiro do trabalho honesto. É um cheiro de homem. Não é para esnobes e diletantes. É peixe.

— É nojento — disse Mona.

— Porão de esgoto — disse eu. — Quem é você para criticar um cheiro? Você é uma freira. Uma fêmea. Uma mera mulher. Nem chega a ser uma mulher porque é uma freira. Você é apenas uma meia-mulher.

— Arturo — disse minha mãe. — Não vamos falar dessa maneira.

— Uma freira deveria gostar do cheiro de peixe.

— Naturalmente. É o que eu vinha lhe contando durante a última meia hora.

As mãos de minha mãe ergueram-se ao teto, seus dedos tremendo. Era um gesto que sempre vinha antes das lágrimas. Sua voz fraquejou, perdeu o controle e as lágrimas irromperam:

— Graças a Deus! Oh, graças a Deus!

— Ele não teve nada a ver com isso. Consegui esse emprego sozinho. Sou ateu. Nego a hipótese de Deus.

Mona deu um sorriso sarcástico.

— Vejam só como você fala! Não seria capaz de conseguir um emprego nem que fosse para salvar sua vida. Tio Frank conseguiu o emprego para você.

— É mentira, uma mentira deslavada. Rasguei o bilhete de tio Frank.

— Acredito nisso.

— Não me importa o que acredita. Qualquer um que acredite no parto virginal de Maria e na Ressurreição é um idiota completo cujas crenças estão todas sob suspeita.

Silêncio.

— Agora sou um operário — falei. — Pertenço ao proletariado. Sou um escritor-trabalhador.

Mona sorriu.

— Você iria cheirar muito melhor se fosse apenas um escritor.

— Adoro esse cheiro — disse a ela. — Adoro cada conotação e ramificação sua; cada variação e implicação me fascinam. Eu pertenço ao povo.

Sua boca franziu.

— Mamãe, ouça só ele! Usando palavras sem saber o que elas significam.

Não pude tolerar um comentário como aquele. Queimou-me até o âmago. Ela podia ridicularizar minhas crenças e me perseguir por causa de minha filosofia e eu não me queixaria. Mas ninguém podia caçoar do meu inglês. Atravessei correndo a sala.

— Não me insulte! Posso suportar seu lixo e suas asneiras, mas, em nome de Jeová, que você adora, não me insulte!

Sacudi o punho na sua cara e empurrei-a com o peito. — Posso aguentar um monte das suas imbecilidades, mas em nome do seu monstruoso Jeová, sua santarrona, sua miserável freira pagã adoradora de Deus de uma imprestável escória da Terra, não me insulte! Oponho-me a isso! Oponho-me a isso enfaticamente!

Ela inclinou o queixo e me afastou com as pontas dos dedos.

— Por favor, vá embora. Vá tomar um banho. Está cheirando muito mal.

Parti sobre ela, e as pontas dos meus dedos marcaram seu rosto. Ela cerrou os dentes e bateu no chão com os dois pés.

— Seu idiota! Seu idiota!

Minha mãe sempre chegava tarde demais. Colocou-se entre nós dois.

— Vamos, vamos! O que é isso?

Puxei as calças para cima e sorri com sarcasmo para Mona.

— Já era hora do meu jantar estar pronto. É isso o que é. Enquanto estiver sustentando duas mulheres parasitas, acho que tenho o direito de comer vez por outra.

Arranquei minha camisa fedorenta e a joguei sobre uma cadeira num canto. Mona a pegou, levou até a janela, abriu e jogou a camisa fora. Então se virou e me desafiou a tomar uma providência a respeito. Não falei nada, simplesmente olhei para ela friamente, a fim de que captasse a profundeza do meu desprezo. Minha mãe ficou parada, estupefata, incapaz de entender o que ocorria; nem em um milhão de anos ela teria pensado em jogar fora uma camisa simplesmente porque fedia. Sem falar nada, desci as escadas correndo e dei a volta na casa. A camisa pendia de uma figueira abaixo da nossa janela. Coloquei-a e voltei ao apartamento. Fiquei parado no local exato onde me encontrava antes. Cruzei os braços e deixei que o desprezo irrompesse do meu rosto.

— Agora — falei —, tente fazer isso de novo. Eu a desafio!

— Seu tolo! — disse Mona. — Tio Frank está certo. Você é maluco.

— Ora. Ele! Aquele bobalhão de um asno americano.

Minha mãe ficou horrorizada. Toda vez que eu falava algo que ela não entendia, imaginava que tinha algo a ver com sexo ou mulheres nuas.

— Arturo! Imagine só! Seu próprio tio!

— Tio ou não, positivamente me recuso a retirar a acusação. Ele é um bobalhão americano hoje e para sempre.

— Mas seu próprio tio! Sua própria carne e osso!

— Minha atitude é imutável. A acusação continua de pé.

[90]

O jantar estava espalhado no mesmo canto onde tomávamos o café da manhã. Não me lavei. Estava com muita fome. Cheguei-me e sentei. Minha mãe se aproximou, trazendo uma toalha nova. Disse que eu devia me lavar. Peguei a toalha que trazia e a coloquei do meu lado. Mona se aproximou com má vontade. Sentou-se e tentou me suportar tão perto de si. Estendeu seu guardanapo e minha mãe trouxe uma terrina de sopa. Mas o cheiro era demais para Mona. A visão da sopa a enojou. Agarrou a boca do estômago, jogou o guardanapo na mesa e saiu.

— Eu *não* consigo! Simplesmente não consigo!

— Bah! Fracotes. Fêmeas. Tragam a comida!

Minha mãe então saiu. Comi sozinho. Quando terminei, acendi um cigarro e me recostei na cadeira para pensar um pouco sobre as mulheres. Meu pensamento foi encontrar a melhor maneira de destruí-las. Não havia dúvida alguma: elas tinham de ser destruídas. Podia queimá-las, ou cortá-las em pedaços, ou afogá-las. Finalmente, decidi que o afogamento seria a melhor solução. Podia fazê-lo confortavelmente enquanto tomava o meu banho. Então jogaria os restos pelo ralo. Elas escorreriam até o mar, onde os caranguejos mortos jaziam. As almas das mulheres mortas conversariam com as almas dos caranguejos mortos e só conversariam a meu respeito. Minha fama aumentaria. Caranguejos e mulheres chegariam a uma conclusão inevitável: que eu era um terror, o Assassino Negro da Costa do Pacífico, mas um terror respeitado por todos, caranguejos e mulheres igualmente: um herói cruel, mas um herói mesmo assim.

Doze

Depois do jantar, abri a água para o meu banho. Estava contente da comida e num clima excelente para me lavar. A água quente tornaria a coisa ainda mais interessante. Enquanto a banheira se enchia de água, entrei no meu gabinete, fechando a porta atrás de mim. Acendendo a vela, levantei a caixa que escondia minhas mulheres. Lá estavam elas agarradas umas nas outras, todas minhas mulheres, minhas favoritas, 30 mulheres escolhidas das páginas de revistas de arte, mulheres que não eram reais, mas eram mesmo assim suficientemente boas, as mulheres que me pertenciam mais do que quaisquer mulheres podiam me pertencer. Enrolei-as e as enfiei debaixo da camisa. Tive de fazer isso. Mona e minha mãe se achavam na sala de estar e eu tinha de passar por elas para ir ao banheiro.

Então esse era o fim! O destino havia provocado isso! Era um pensamento terrível! Olhei ao meu redor no armário e tentei me sentir sentimental. Mas não era muito triste: eu estava ansioso demais para seguir em frente com a execução para me sentir triste. Mas, em nome da formalidade, fiquei quieto e curvei a cabeça como um sinal de despedida. Então soprei a vela e entrei na sala de estar. Deixei a porta aberta atrás de mim. Era a primeira vez que deixava a porta aberta. Na sala de estar, Mona, sentada, cosia. Atravessei o tapete, um leve volume debaixo da minha camisa. Mona ergueu o olhar e viu a porta aberta. Ficou imensamente surpresa.

— Esqueceu de trancar o seu gabinete — zombou ela.

— Sei o que estou fazendo, se me permite. E vou trancar aquela maldita porta sempre que tiver vontade.

— Mas e quanto a Nietzsche, não é assim que o chama?

— Não se importe com Nietzsche, sua censora maldita.

A banheira estava pronta. Tirei a roupa, entrei e sentei. As fotos estavam com a frente sobre o tapete de banho, ao alcance de minha mão.

Estendi o braço e peguei a primeira foto.

Por alguma razão, eu sabia que seria Helen. Um vago instinto me dizia isso. E era Helen. Helen, querida Helen! Helen com seus cabelos castanho-claros! Eu não a via há muito tempo, quase três semanas. Uma coisa estranha em relação a Helen, a mais estranha das mulheres: a única razão por que eu me apegava a ela eram suas unhas compridas. Eram tão rosadas, unhas tão arrebatadoras, tão aguçadas e deliciosamente vivas. Mas eu não ligava para o resto dela, embora fosse bonita por inteiro. Estava sentada nua na foto, segurando um véu fino em torno dos ombros, cada detalhe, uma visão maravilhosa, embora não me interessasse, a não ser por aquelas unhas maravilhosas.

— Adeus, Helen — disse eu. — Adeus, querida do meu coração. Nunca a esquecerei. Até o dia em que morrer, sempre lembrarei das muitas vezes que visitamos os trigais profundos do livro de Anderson e fui dormir com seus dedos em minha boca. Como eram deliciosos! Como dormi suavemente! Mas agora nos separamos, doce Helen. Adeus, adeus!

Rasguei a foto em pedaços e os coloquei a flutuar na água.

Então estendi o braço de novo. Era Hazel. Eu a tinha chamado assim por causa de seus olhos de avelã numa foto em cores naturais. Mas eu não ligava para Hazel também. Eram os seus quadris que me atraíam — eram tão macios e tão brancos. Os momentos que passamos, Hazel e eu! Como ela era realmente bonita! Antes de destruí-la, voltei a me deitar na água e pensei nas muitas vezes que nos encontramos num quarto misterioso penetrado por uma luz do sol ofuscante, um quarto muito branco, com apenas um tapete verde no chão, um quarto que só existia por causa dela. No seu canto, encostada à parede e sem nenhum motivo justo, mas sempre ali, uma longa e esguia bengala com uma ponta de prata, diamantes refletidos à luz do sol. E por trás de uma cortina que eu nunca via devido à névoa, mas que não podia nunca chegar a negar, Hazel caminharia de um modo tão melancólico até o meio do quarto e eu estaria lá admirando a beleza globular dos seus quadris, de joelhos diante dela, meus dedos se derretendo na ânsia de tocá-la e, no entanto, eu nunca falava com a querida Hazel, mas com os seus quadris, dirigindo-me a eles como se fossem almas viventes, dizendo-lhes como eram maravilhosos, como a vida era inútil sem eles, enquanto os tomava entre minhas mãos e os puxava para perto de mim. E rasguei aquela foto em pedaços também, e observei os pedaços absorverem a água. Querida Hazel...

E havia Tanya também. Eu costumava me encontrar com ela à noite numa caverna que nós descobrimos quando garotos em um verão muito distante nos rochedos de Palos Verdes, perto de San Pedro. Era perto do mar e dava para a gente cheirar o êxtase dos limoeiros que lá cresciam. A caverna estava sempre cheia de velhas revistas e jornais espalhados pelo chão. Num canto havia uma frigideira que eu havia roubado da cozinha da minha mãe e, em outro canto, uma vela ardia e fazia ruídos sibilantes. Era realmente uma caverna pequena e suja depois que se ficava lá por algum tempo, e muito fria, pois a água escorria pelos lados. E foi lá que conheci Tanya. Mas não era a Tanya que eu amava. Era o seu jeito de usar um xale negro na foto. E não era o xale também. Um era incompleto sem o outro e só Tanya podia usá-lo daquela maneira. Sempre, quando me encontrava com ela, eu me via rastejando através da abertura da caverna até o centro e arrancando o seu xale enquanto seus cabelos compridos caíam soltos ao redor dela, e então eu segurava o xale contra meu rosto e enterrava meus lábios nele, admirando seu brilho negro e agradecendo sem parar a Tanya por tê-lo usado de novo para mim. E Tanya sempre respondia: "Mas não é nada, seu bobinho. Faço isso com prazer. Você é tão tolo." E eu dizia: "Eu te amo, Tanya."

E havia Marie. Oh, Marie! Oh, você, Marie! Você com sua risada deliciosa e perfume profundo! Eu adorava seus dentes, sua boca e o cheiro de sua pele. Costumávamos nos encontrar num quarto escuro cujas paredes eram cobertas por livros com teias de aranha. Havia uma poltrona de couro perto da lareira e devia ser uma casa muito grande, um castelo ou uma mansão na França, porque do outro lado da sala, grande e sólida, estava a escrivaninha de Émile Zola como eu a vira num livro. Eu estaria lá, lendo as últimas páginas de *Nana*, aquela passagem sobre a morte de Nana, e Marie se alçaria como uma névoa daquelas páginas e ficaria diante de mim, nua, rindo e rindo com uma boca bonita e um odor intoxicante até que eu tinha de largar o livro. Ela caminhava diante de mim, colocava suas mãos sobre o livro também e sacudia a cabeça com um sorriso profundo. Eu podia sentir seu calor correndo como eletricidade através de meus dedos.

— Quem é você?

— Eu sou Nana.

— Realmente Nana?

— Realmente.

— A garota que morreu aqui?

— Não morri. Pertenço a você.

E eu a tomaria em meus braços.

Havia Ruby. Era uma mulher errática, tão diferente das outras, e tão mais velha também. Eu sempre topava com ela quando ela corria através de uma planície seca e quente além da Serra do Funeral, no Vale da Morte, na Califórnia. Isso porque eu estivera lá uma vez na primavera e nunca esquecera a beleza daquela vasta planície, e foi lá que me encontrei com a errante Ruby tantas vezes depois, uma mulher de 35 anos correndo nua através da areia e eu correndo atrás dela e finalmente a alcançando, ao lado de um lago de água azul, que sempre emitia um vapor vermelho no momento em que eu a arrastava na areia e enfiava minha boca na sua garganta, que era tão quente e não tão adorável, porque Ruby envelhecia e as cordas vocais se projetavam ligeiramente, e eu adorava o toque de suas cordas subindo e descendo enquanto ela respirava ofegante onde eu a havia agarrado e jogado à terra.

E Jean! Como eu amava os cabelos de Jean! Eram dourados como palha e eu sempre a via secando as longas mechas debaixo de uma bananeira que crescia num outeiro entre as colinas de Palos Verdes. Eu a observava pentear as mechas profundas. Adormecida aos seus pés, havia uma serpente enroscada como a serpente aos pés da Virgem Maria. Eu sempre me aproximava de Jean na ponta dos pés, para não perturbar a serpente, que suspirava agradecida quando meus pés afundavam nela, dando-me um prazer tão delicioso por todo o corpo, iluminando os olhos surpresos de Jean, e então minhas mãos se enfiavam gentil e cautelosamente no misterioso calor de seus cabelos dourados, e Jean ria e me dizia que sabia que iria acontecer daquela maneira e, como um véu que cai, ela pousava sobre meus braços.

E o que dizer de Nina? Por que eu amava aquela garota? E por que era ela aleijada? E o que existia dentro do meu coração que me fazia amá-la como um louco apenas porque ela era tão irremediavelmente estropiada? No entanto, era tudo assim mesmo e minha pobre Nina era aleijada. Não na foto, oh, ela não era aleijada na foto, só quando me encontrei com ela, um pé menor que o outro, um pé como o de uma boneca, o outro normal. Nos encontramos na igreja católica da minha infância, a de santo Tomás, em Wilmington, onde eu, vestindo os paramentos de um sacerdote, segurava um cetro sobre o altar. Ao meu redor, de joelhos, estavam os pecadores, chorando depois que eu os castigara por seus pecados, e nenhum deles tinha coragem de erguer o olhar para mim porque meus olhos brilhavam de uma santidade muito louca, de tanto detestar o pecado. Então, dos fundos da igreja, veio essa garota, essa aleijada, sorrindo, sabendo que iria me separar do meu trono sagrado e me obrigar a pecar com ela na frente dos outros, para que pudessem zombar de mim, o santificado, o hipócrita diante de todo o mundo. Mancando, ela se aproximou, desnudando-se a cada passo penoso, os lábios úmidos com um sorriso de triunfo iminente, e eu com a voz de um rei destronado, gritando-lhe que fosse embora, que era um demônio que me enfeitiçara e me deixara desamparado. Mas ela avançou irresistivelmente, a multidão tomada de horror, e colocou seus braços em torno dos meus joelhos e me abraçou para junto de si, escondendo aquele pequeno pé aleijado, até que eu não pude aguentar mais e, com um grito, caí sobre ela. Jubilosamente, admiti minha fraqueza enquanto, ao meu redor, se erguia o rugido de uma multidão que gradualmente desvanecia num esquecimento sinistro.

E assim foi. Assim foi que, uma a uma, eu as peguei, lembrei, dei um beijo de despedida e rasguei em pedacinhos. Algumas relutaram em ser destruídas, gritando em vozes lamentáveis das profundezas nebulosas daqueles vastos espaços onde nos amamos em meio a estranhos sonhos, os ecos dos seus apelos perdidos nas sombras e na escuridão daquilo que era Arturo Bandini sentado confortavelmente numa banheira refrescante e desfrutando a partida de coisas que haviam existido certa vez e, no entanto, nunca chegaram realmente a existir.

Mas houve uma em particular que eu detestei destruir. Foi a única que me levou a hesitar. Foi aquela que eu chamei de Garotinha. Sempre me pareceu aquela mulher de um certo caso de assassinato em San Diego; tinha matado o marido com uma faca e admitira, rindo, o crime à polícia. Eu costumava me encontrar com ela na brava sujeira da Los Angeles anterior à Corrida do Ouro. Era muito cínica para uma garotinha, e muito cruel. A foto que eu recortara da revista de detetive nada deixava a imaginar. No entanto, não chegava a ser uma garotinha de modo algum. Eu simplesmente a chamei assim. Era uma mulher que de tanto ódio não podia me ver, não podia me tocar, mas me achava irresistível, maldizendo-me e, no entanto, me amando fabulosamente. Encontrava-me com ela numa cabana escura coberta de sapé e lama com as janelas escurecidas, o calor da cidade levando todos os nativos a dormir de modo que não havia vivalma nas ruas daquela Los Angeles dos primeiros tempos e, deitada num catre, ela arfava e me amaldiçoava, enquanto meus passos soavam na rua deserta e, finalmente, diante de sua porta. A faca em sua mão me divertia e fazia sorrir, assim como seus gritos horrendos. Eu era um verdadeiro demônio. E então meu sorriso a deixava indefesa, a mão que empunhava a faca finalmente amortecendo; a faca caindo ao chão e ela se encolhendo de horror e ódio, mas tomada de amor. Por isso a chamei de Garotinha, e de todas elas, era a minha favorita. Lamentava ter de destruí-la. Deliberei por algum tempo, porque sabia que ela encontraria alívio e descanso de mim assim que a destruísse, porque então eu não poderia mais atormentá-la como um demônio e possuí-la com risadas de desprezo. Mas o destino da Garotinha estava selado. Eu não podia proteger favoritas. Rasguei a Garotinha em pedaços como as outras.

Quando a última foi destruída, os pedacinhos vieram à superfície da água como um cobertor e a água abaixo ficou invisível. Tristemente, eu a agitei. A água ficou com uma cor enegrecida de tinta desbotada. Acabou. O espetáculo havia terminado. Fiquei feliz de ter dado aquele passo ousado e de ter acabado com todas elas imediatamente. Congratulei-me por ter tido tamanha firmeza de propósitos, tamanha capacidade de executar um trabalho até o fim. Apesar do sentimentalismo, eu seguira impiedosamente em frente. Era um herói e meu feito não seria escarnecido. Levantei-me e olhei para elas antes de destampar o ralo. Pedacinhos de amor partido. Ao esgoto com os romances de Arturo Bandini! Ao mar com eles! Sigam em sua jornada escura através dos esgotos até a terra dos caranguejos mortos. Bandini falou. Puxe a tampa do ralo!

E assim foi feito. Fiquei de pé com a água escorrendo pelo corpo e saudei.

— Adeus — falei. — Adeus, oh, vós, mulheres. Riram de mim hoje na fábrica de enlatados e foi vossa culpa, pois envenenastes minha mente e me deixastes indefeso contra o massacre da vida. Agora estais mortas. Adeus e adeus para sempre. Aquele que fizer de Arturo Bandini um tolo, seja homem ou mulher, conhecerá uma morte prematura. Tenho dito. Amém.

TREZE

Dormindo ou acordado, não importava, eu odiava a fábrica de enlatados e sempre cheirava como uma cesta de cavalinhas. Aquilo nunca me deixava, aquele fedor de cavalo morto à beira da estrada. Seguia-me pelas ruas. Entrava comigo nos edifícios. Quando eu rastejava para a cama à noite, lá estava ele, como um cobertor, me envolvendo todo. E em meus sonhos havia peixes, peixes, peixes, cavalinhas coleando numa piscina negra, e eu amarrado a um tronco e sendo colocado dentro da piscina. Impregnava minha comida e minhas roupas, sentia até o seu gosto na minha escova de dentes. O mesmo acontecia com Mona e minha mãe. Finalmente a coisa ficou tão ruim que ao chegar a sexta-feira comíamos carne no jantar. Minha mãe não suportava a ideia de peixe, embora fosse pecado não comer peixe naquele dia.

Desde a infância, eu detestava sabonete também. Não acreditava que me acostumasse jamais com aquela coisa escorregadia e sebenta com seu cheiro efeminado. Mas agora eu o usava contra o fedor do peixe. Tomava mais banhos do que nunca. Houve um sábado em que tomei dois banhos — um depois do trabalho, outro antes de ir para a cama. Toda noite eu ficava na banheira e lia livros até a água esfriar e parecer água suja de lavagem de pratos. Esfregava sabonete em minha pele até que ela brilhava como uma maçã. Mas não havia sentido naquilo tudo porque era uma perda de tempo. O único jeito de me livrar do cheiro era deixar a fábrica de peixe enlatado. Eu sempre deixava a banheira com a mistura de dois fedores — sabonete e cavalinha morta.

Todo mundo sabia o que eu era e o que fazia quando me aproximava com meu cheiro. Ser escritor não trazia nenhuma satisfação. No ônibus, eu era reconhecido imediatamente, e no cinema também. É um daqueles rapazes do peixe enlatado. Meu Deus do céu, não sente o seu cheiro? Eu tinha aquele cheiro inconfundível.

Certa noite, fui ao cinema. Fiquei sentado sozinho no meu canto, meu cheiro e eu. Mas a distância era um obstáculo ridículo àquela coisa. Ela me deixava e saía a passear, e voltava como algo morto preso à ponta de um elástico. Algum tempo depois, as cabeças começavam a se virar. Um operário de peixe enlatado estava na vizinhança, obviamente. Havia carrancas e fungadas. Depois resmungos e o arrastar de pés. As pessoas ao meu redor se levantavam e se afastavam. Fiquem longe dele, é um operário da fábrica de enlatados. E assim não fui mais ao cinema. Mas não me importava. Era coisa para a ralé, de qualquer maneira.

À noite, eu ficava em casa e lia livros.

Não ousava ir à biblioteca.

Dizia a Mona: — Traga-me livros de Nietzsche. Traga-me o poderoso Spengler. Traga-me Auguste Comte e Immanuel Kant. Traga-me livros que a ralé não possa ler.

Mona os trazia para casa. Eu lia todos, a maioria muito difícil de entender, alguns tão chatos que eu tinha de fingir que

[101]

eram fascinantes e outros tão horríveis que eu os tinha de ler em voz alta como um ator para dar cabo deles. Mas geralmente eu estava cansado demais para ler. Um tempinho na banheira era o que bastava. As letras flutuavam perto dos meus olhos como fios ao vento. Eu adormecia. Na manhã seguinte, encontrava-me despido e na cama, o despertador tocando, querendo saber como minha mãe não me havia acordado. Enquanto me vestia, pensava sobre os livros que tinha lido na noite anterior. Conseguia lembrar só uma frase aqui e ali e o fato de que havia esquecido tudo.

Cheguei até a ler um livro de poesias. Me deixou enojado aquele livro e prometi que nunca leria outro de novo. Odiei aquela poeta. Desejei que ela passasse algumas semanas numa fábrica de peixe enlatado. Sua música iria mudar de tom, certamente.

Mais do que tudo, eu pensava em dinheiro. Eu nunca tinha muito dinheiro. O máximo que tive numa ocasião foi 50 dólares. Costumava enrolar pedaços de papel na mão e fingir que eram um maço de notas de mil dólares. Ficava diante do espelho e desfolhava as notas para alfaiates, vendedores de carros e putas. Dei a uma puta uma gorjeta de mil dólares. Ela se ofereceu para passar os seis meses seguintes comigo sem cobrar nada. Fiquei tão comovido que desfolhei outra nota de mil e lhe dei por motivos puramente sentimentais. Diante disso, ela prometeu abandonar sua vida errada. Eu disse: "Tut, tut, minha querida", e lhe dei o resto do rolo de notas, 70 mil dólares.

A um quarteirão do nosso apartamento ficava o Banco da Califórnia. Eu ficava em nossa janela à noite e o via avolumando com muita insolência na esquina. Finalmente tramei um jeito de assaltá-lo sem ser apanhado. Ao lado do banco ficava um estabelecimento de lavagem de roupas a seco. A ideia era cavar um túnel da lavanderia até o cofre do banco. Um carro para a fuga estaria à espera nos fundos. Eram só 150 quilômetros até o México.

Se não sonhava com peixe, eu sonhava com dinheiro. Costumava acordar com os punhos cerrados, pensando que havia dinheiro neles, uma moeda de ouro, e detestando abrir a mão porque eu sabia que minha mente estava trapaceando e realmente não havia dinheiro algum em minha mão. Fiz a promessa de que se ganhasse dinheiro bastante eu compraria a Companhia Pesqueira Soyo, faria uma comemoração noturna como a de Quatro de Julho e queimaria a fábrica até ficar reduzida a pó na manhã seguinte.

O trabalho era duro. À tarde, o nevoeiro se dissipava e o sol batia forte. Os raios se levantavam da baía azul dentro do pires formado pelas colinas de Palos Verdes e era como uma fornalha. Na fábrica era ainda pior. Não havia ar fresco, nem mesmo para encher uma narina. Todas as janelas estavam fechadas com pregos enferrujados e as vidraças com o tempo foram cobertas por teias de aranha e gordura. O sol aquecia o telhado de ferro corrugado como uma tocha, forçando o calor para baixo. Vapor quente era lançado pelas retortas e pelos fornos. Mais vapor vinha dos grandes tonéis de fertilizantes. Esses dois vapores se encontravam de frente, era possível vê-los colidindo e nós estávamos bem no meio daquilo, suando no clamor das pilhas de latas.

Meu tio tinha toda a razão sobre o trabalho. Era trabalho feito sem pensar. Dava perfeitamente para deixar o cérebro em casa naquele emprego. Tudo o que fazíamos o dia inteiro era ficar parados ali movendo nossos braços e nossas pernas. Se você queria realmente se mexer, tinha de deixar a plataforma e ir até o bebedouro ou o banheiro. Tínhamos um plano: nós nos revezávamos: cada um passava 10 minutos no lavatório por vez. Não havia necessidade de patrão com aquelas máquinas trabalhando. Quando a rotulagem começava de manhã, Shorty Naylor acionava o interruptor e saía da sala. Ele conhecia aquelas

[103]

máquinas. Nós não gostávamos que elas se adiantassem a nós. Quando o faziam, aquilo nos magoava vagamente. Não era uma dor como alguém enfiando um alfinete no seu traseiro, mas uma tristeza que a longo prazo era pior. Se nós escapávamos, havia sempre alguém na linha de montagem que não o fazia. Ele gritava. Nós que estávamos à frente tínhamos de dar mais duro para preencher o espaço na esteira rolante de modo que ele se sentisse melhor. Ninguém gostava daquela máquina. Não fazia diferença se você era filipino, italiano ou mexicano. Ela incomodava a todos nós. Exigia cuidados também. Era como uma criança. Sempre que quebrava, o pânico se espalhava por toda a fábrica. Tudo era feito em cima da hora. Quando as máquinas silenciavam, era como um outro lugar. Não era mais uma fábrica, mas um hospital. Esperávamos, falando aos sussurros, até que os mecânicos a consertassem.

Eu trabalhava duro porque tinha de dar duro e não me queixava muito porque não havia tempo para queixas. A maior parte do tempo eu alimentava a máquina e pensava em dinheiro e mulheres. O tempo passava mais fácil com tais pensamentos. Foi o primeiro emprego que tive, onde, quanto menos você pensasse no seu trabalho, mais fácil ficava. Eu costumava ficar muito passional com meus pensamentos sobre mulheres. Isso porque a plataforma se achava num estado constante de sacolejo. Um sonho de mulher se encaixava noutro e as horas passavam enquanto eu ficava perto da máquina e tentava me concentrar no trabalho para que os outros rapazes não soubessem no que eu estava pensando.

Através da névoa do vapor, eu podia ver do outro lado da sala a porta aberta. Lá estava a baía azul tomada por centenas de gaivotas sujas e preguiçosas. Do outro lado da baía, estava a doca de Catalina. Com a diferença de poucos minutos, os vapores e os aeroplanos deixavam a doca rumo à ilha de Cata-

[104]

lina, a 30 quilômetros de distância. Através da porta nebulosa eu podia ver os flutuadores vermelhos dos hidroaviões que se levantavam da água. Os vapores só saíam de manhã, mas o dia inteiro os hidroplanos decolavam para a ilhota a 30 quilômetros dali. Os gotejantes flutuadores vermelhos cintilavam à luz do sol, assustando as gaivotas. Mas de onde estava, eu só podia ver os flutuadores. Apenas os flutuadores. Nunca as asas, nem a fuselagem.

Isso me perturbou desde o primeiro dia. Eu queria ver o avião inteiro. Muitas vezes eu vira os aviões a caminho do trabalho. Ficava parado na ponte e observava os pilotos lidando com eles e conhecia cada avião na frota. Mas enxergar apenas os flutuadores através da porta era como uma espécie de percevejo se agitando dentro da minha mente. Eu pensava as coisas mais loucas. Costumava imaginar que coisas estavam acontecendo nas partes invisíveis do avião — que clandestinos viajavam nas asas. Queria correr até a porta para me certificar. Estava sempre às voltas com suposições. Ansiava por tragédias. Queria ver os aviões explodirem e os passageiros se afogarem na baía. Certas manhãs, eu ia trabalhar com apenas uma esperança na mente — que alguém morresse na baía. Eu tinha a convicção daquilo. O próximo avião, eu dizia, o próximo avião nunca chegará a Catalina: vai cair na decolagem; as pessoas vão gritar, mulheres e crianças se afogarão na baía; Shorty Naylor vai desligar o interruptor e iremos todos ver os salvadores recolhendo os corpos da água. Isso fatalmente vai acontecer. É inevitável. E eu costumava me considerar um médium. E assim, o dia inteiro, os aviões partiam. Mas de onde eu estava, tudo o que via eram os flutuadores. Meus ossos doíam para romper suas amarras. O *próximo* seguramente vai sofrer um desastre. Fazia ruídos em minha garganta, mordendo os lábios e esperando febrilmente pelo próximo avião. Chegava a ouvir o ronco dos motores, fraco, acima da barulheira da fábrica, e eu marcava o tempo. Morte, afinal! Agora eles vão morrer! Quando o momento chegava, eu parava de trabalhar e observava, ansiando pela visão. Os aviões nunca variavam um centímetro na decolagem. A perspectiva através da porta nunca mudava. Dessa vez, como sempre, eu vi todos os flutuadores. Suspirei. Pois bem, quem sabe? Talvez ele caia além do farol e no final do quebra-mar. Vou saber em um minuto. As sirenes da guarda costeira vão tocar. Mas as sirenes não tocaram. Mais um avião havia passado incólume.

Quinze minutos depois, eu ouvia o ronco de outro avião. Devíamos ficar junto à esteira. Mas ao inferno com as ordens. Saltei fora da pilha de latas e corri até a porta. O grande avião vermelho decolou. Eu o vi inteiro, cada centímetro, e meus olhos fizeram um pequeno banquete antes da tragédia. Lá fora, em algum canto, a morte espreitava. A qualquer momento, ela golpearia. O avião se deslocou através da baía, disparou para o ar e seguiu na direção do farol de San Pedro. Cada vez menor. Havia escapado também. Sacudi o punho na sua direção.

— Você ainda vai ver! — gritei.

Os rapazes junto à pilha de latas me olharam com assombro. Eu parecia um tolo. Virei-me e voltei. Seus olhos me acusavam como se eu tivesse corrido até a porta e tentado matar um belo pássaro.

E de repente eu tinha uma opinião diferente deles. Pareciam tão estúpidos. Trabalhavam tanto. Com mulheres para alimentar e um enxame de filhos de cara suja e preocupações com a conta da luz e a conta do armazém, estavam tão longe, tão distanciados, nus em macacões sujos com caras mexicanas estúpidas e bexiguentas, fartas de imbecilidade, vendo-me voltar, achando-me maluco, dando-me calafrios. Eram escarros de algo pegajoso e lento, viscoso e gosmento, como cola, grudento sem ajuda e sem esperança, com os olhos surrados e tristes de velhos animais num campo desolado. Achavam-me maluco porque eu não parecia um velho animal surrado de um campo. Deixem-nos pensar que eu era maluco! Claro que sou maluco! Seus caipiras, seus bobalhões, seus imbecis! Não me interessam seus pensamentos. Fiquei enojado de ter de estar tão perto deles. Queria surrá-los, um de cada vez, surrá-los até que fossem uma massa de ferimentos e sangue. Queria gritar para todos eles que mantivessem seus malditos olhos melancólicos e chorões longe de mim, porque colocavam uma laje negra no meu coração, um lugar aberto, uma sepultura, um buraco, uma ferida, da qual marchavam numa procissão torturante seus mortos conduzindo outros mortos atrás de si, fazendo uma parada do amargo sofrimento de suas vidas através do meu coração.

A máquina gemeu e bateu. Assumi meu lugar ao lado de Eusibio e trabalhei, na mesma rotina, alimentando a máquina com latas, resignado com o fato de que não era nenhum médium, que a tragédia só atacava como um covarde à noite. Os rapazes me observaram começar de novo, e eles também recomeçaram, considerando-me um maníaco. Nada foi dito. Dez minutos se passaram. Era uma hora depois.

Eusibio me cutucou com o cotovelo.

— Por que corre tanto assim?

— O piloto. Um velho amigo meu. O coronel Buckingham. Eu acenava para ele.

Eusibio sacudiu a cabeça.

— Merda, Arturo. Você está cheio de merda.

Quatorze

Do meu lugar junto à esteira, eu também podia ver o Iate Clube da Califórnia. Ao fundo, apareciam as primeiras ondulações verdes das colinas de Palos Verdes. Era um cenário da Itália que eu conhecia dos livros. Galhardetes coloridos drapejavam dos mastros dos iates. Mais adiante, as cristas brancas das grandes ondas espumavam contra as arestas do quebra-mar. No convés dos iates, homens e mulheres estavam deitados em trajes brancos descontraídos. Eram pessoas fabulosas. Pertenciam à colônia cinematográfica e aos círculos financeiros de Los Angeles. Possuíam grandes fortunas, esses barcos eram os seus brinquedos. Se lhes desse vontade, deixavam o trabalho na cidade e vinham até o porto para brincar com eles, e traziam suas mulheres.

E que mulheres! Eu perdia a respiração simplesmente ao vê-las rodar em carrões, tão cheias de pose, tão bonitas, tão à vontade com aquela riqueza toda, os cigarros inclinados com tanta elegância, seus dentes tão polidos e cintilantes e as roupas que vestiam tão irresistíveis, cobrindo-as com tamanha perfeição, ocultando cada falha do corpo e as tornando tão perfeitas e adoráveis. Ao meio-dia, quando os carrões passavam rugindo pela rua da fábrica de enlatados e nós estávamos do lado de fora na hora do almoço, eu costumava olhar para elas como um ladrão espiando joias. Mas elas pareciam tão remotas que eu as odiava, e odiá-las as trazia mais perto. Um dia seriam minhas. Eu as possuiria e possuiria os carros que as conduziam. Quando a revolução chegasse, elas seriam minhas, as súditas do comissário Bandini, bem aqui no distrito soviético de San Pedro.

Mas eu me lembro de uma mulher num iate. Estava a uns 200 metros de mim. Àquela distância, eu não podia ver o seu rosto. Apenas seus movimentos eram visíveis, enquanto caminhava pelo convés, como uma rainha dos piratas, num maiô branco brilhante. Caminhava para cima e para baixo no deque de um iate que se estendia como um gato preguiçoso na água azul. Era só uma lembrança, uma impressão que eu obtinha de pé, diante da bateria de latas, olhando para fora pela porta. Apenas uma lembrança, mas eu me apaixonei por ela, a primeira mulher de verdade que amei na vida. De vez em quando, ela parava na balaustrada e olhava para a água. Então voltava a caminhar, suas coxas luxuriantes se movendo para cima e para baixo. Certa vez ela se virou e olhou para o prédio esparramado da fábrica. Olhou durante alguns minutos. Não podia me ver, mas olhava diretamente para mim. Naquele instante, apaixonei-me por ela. Devia ser amor e, no entanto, podia ter a ver com seu maiô branco. Estudei a questão de todos os ângulos e admiti finalmente que era amor. Depois de olhar para mim, ela se virou e caminhou de novo. Estou apaixonado, eu disse. Então o amor é isso! O dia inteiro pensei nela. No dia seguinte, o iate havia partido. Eu pensava nela e, embora isso nunca parecesse importante, estava seguro de que a amava. Depois de algum tempo, deixei de pensar nela, tornou-se uma lembrança, um mero pensamento para passar as horas na bateria de latas. Mas eu a amava; ela nunca me viu e eu nunca vi o seu rosto, mas era amor, apesar de tudo. Eu não conseguia acreditar que a havia amado, mas decidi que uma vez na vida estava errado e que a amava realmente.

Certa vez, uma bela jovem loura entrou na sala da rotulagem. Veio com um homem que tinha um bigode elegante e usava polainas. Depois, descobri que seu nome era Hugo. Era o dono da fábrica de enlatados, além de outra em Terminal Island e ainda outra em Monterey. Ninguém sabia quem era a garota. Agarrava-se ao braço dele, enojada com o odor. Eu sabia que ela não gostava do lugar. Era uma garota de não mais do que 20 anos. Usava um casaco verde. As costas eram perfeitamente arqueadas, como uma aduela de barril, e usava sapatos brancos de salto alto. Hugo examinou o local friamente, avaliando-o. Ela cochichou para ele. Ele sorriu e lhe afagou o braço. Caminharam juntos para a saída. Na porta, a garota se virou e olhou para nós. Abaixei a cabeça, não querendo ser visto por alguém tão adorável entre aqueles mexicanos e filipinos. Eusibio estava ao meu lado na bateria de latas.

Cutucou-me e perguntou: — Você gosta, Arturo?

— Não seja tolo — falei. — É uma vagabunda, pura e simples, uma vagabunda capitalista. Seus dias estão acabados quando a revolução chegar.

Mas eu nunca esqueci aquela garota com o seu casaco verde e seus sapatos brancos de salto alto. Estava seguro de que a encontraria de novo um dia. Talvez depois que me tornasse rico e famoso. Mesmo então, eu não saberia o seu nome, mas contrataria detetives para seguirem Hugo até chegarem ao apartamento onde ele a mantinha, uma virtual prisioneira em sua estúpida riqueza. Os detetives viriam a mim com o endereço do local. Eu iria lá e apresentaria meu cartão.

— Não se lembra de mim? — diria com um sorriso.

— Não. Receio que não.

Ah. Então eu lhe contaria daquela visita que ela fizera à Companhia Pesqueira Soyo há muitos anos. Como eu, um pobre rapaz branco entre aquele bando de mexicanos e filipinos ignorantes, ficara tão tomado por sua beleza que não ousara mostrar o meu rosto. Então eu daria uma risada.

— Mas é claro que sabe quem eu sou hoje.

Eu a conduziria até a sua estante, onde meus próprios livros eram vistos entre poucos outros indispensáveis, como a Bíblia e o dicionário, e puxaria o meu livro *Colosso do Destino*, o livro que me dera o prêmio Nobel.

— Gostaria que o autografasse?

Então, com um arquejo de surpresa, ela saberia.

— Ora, você é Bandini, o famoso Arturo Bandini!

— Há, há — e eu riria de novo.

— Em carne e osso!

Que dia! Que triunfo!

QUINZE

Um mês passou, com quatro contracheques de pagamento. Quinze dólares por semana.

Nunca me acostumei com Shorty Naylor. Por isso mesmo, Shorty Naylor nunca se acostumou comigo. Não conseguia falar com ele, mas ele não conseguia falar comigo também. Não era homem de dizer "Olá, como vai você?". Simplesmente acenava com a cabeça. E não era homem de discutir a situação dos enlatados ou a política mundial. Era frio demais. Mantinha-me a distância. Fazia-me sentir como se fosse um empregado. Eu já sabia que era um empregado. Não precisava que me esfregassem aquilo na cara.

O fim da temporada de cavalinha estava próximo. Chegou uma tarde em que acabamos de rotular uma leva de 200 toneladas. Shorty Naylor apareceu com um lápis e uma prancheta. As cavalinhas estavam encaixotadas, endereçadas a estêncil e prontas para o embarque. Um cargueiro ancorado nas docas aguardava para levá-las até a Alemanha — uma loja de vendas por atacado em Berlim.

Shorty deu a ordem para que levássemos a carga até as docas. Enxuguei o suor do meu rosto enquanto a máquina parava e com bom humor descontraído e tolerância me aproximei de Shorty e lhe dei um tapinha nas costas.

— Como anda a situação dos enlatados, Naylor? — perguntei. — Que tipo de competição nos fazem aqueles noruegueses?

Ele afastou a mão do seu ombro.

— Pegue um carro de bagagem e comece a trabalhar.

— Um patrão rigoroso — falei. — Você é um patrão rigoroso, Naylor.

Dei uma dúzia de passos e ele chamou meu nome. Voltei.

— Sabe operar um carro de bagagem?

Não tinha a menor ideia. Nem mesmo sabia que carros de bagagem tinham aquele nome. Claro que não sabia operar um carro da bagagem. Eu era um escritor. Claro que não sabia. Ri e repuxei meu macacão de brim.

— Muito engraçado! Se *eu* sei operar um carro de bagagem! E me pergunta justamente isso! Se eu sei operar um carro de bagagem!

— Se não sabe, diga logo. Não precisa me enganar.

Sacudi a cabeça e olhei para o chão.

— Se *eu* sei operar um carro de bagagem! E me pergunta justamente isso!

— Muito bem, você *sabe*?

— Sua pergunta é patentemente absurda. Se eu sei operar um carro de bagagem. Naturalmente!

Seu lábio se curvou como o rabo de um rato.

— Onde foi que *você* aprendeu a trabalhar com um carro de bagagem?

Falei para a sala toda:

— Agora ele quer saber onde foi que aprendi a operar um carro de bagagem! Imaginem só! Quer saber onde aprendi a trabalhar com um carro de bagagem.

[113]

— Muito bem, estamos perdendo tempo. Onde foi? Estou lhe perguntando: onde?

Como um estampido de rifle, respondi:

— Nas docas. Nas docas de gasolina. Como estivador.

Seus olhos rastejaram sobre mim da cabeça aos pés e seu lábio se retorceu várias vezes com cansaço, um homem extremamente nauseado pelo desdém.

— *Você*, um estivador!

Riu.

Eu o odiava. O imbecil. O idiota, o cão, o rato, o gambá. O rato com cara de gambá. O que sabia ele a respeito daquilo tudo? Uma mentira, sim. Mas o que ele sabia a respeito? Ele — aquele rato —, sem um pingo de cultura, que provavelmente nunca lera um livro na vida inteira. Meu Deus! Que podia ele saber de qualquer coisa? E outro dado ainda. Não era tão grande assim, com seus dentes faltando e a boca de suco de tabaco e os olhos de um rato fervido.

— Bem — disse eu. — Eu o venho observando, Saylor, ou Taylor, ou Naylor, ou o diabo de nome que lhe deem aqui neste buraco fedorento, estou me lixando para isso tudo; e a não ser que minha perspectiva esteja completamente equivocada, você nem chega a ser grande, Saylor, Baylor, Taylor ou Naylor, qualquer que seja o diabo do seu nome.

Um palavrão, feio demais para ser repetido, vazou pelo lado do seu rosto. Arranhou a prancheta, resmungando algo não muito claro para mim, mas claramente uma forma de hipocrisia, uma artimanha das profundezas de sua alma fraudulenta, rabiscando como um rato, um rato inculto, e eu o odiava tanto que seria capaz de arrancar seu dedo com uma mordida e cuspi-lo na sua cara. Olhem só para ele! Aquele rato, fazendo garatujas de rato num pedaço de papel como se fosse um pedaço de queijo com suas patinhas de camundongo, o roedor, o porco, o rato

[114]

de sarjeta, o rato das docas. Mas por que não falava algo? Há. Porque finalmente encontrara um rival à altura, porque se via desamparado diante dos seus melhores.

Acenei com a cabeça para uma pilha de cavalinha encaixotada.

— Vejo que esse troço vai para a Alemanha.

— Está falando sério? — disse ele, rabiscando sem parar.

Mas não pisquei um olho diante do seu esforço supremo para ser sarcástico. O chiste errou o alvo e não me atingiu. Em vez disso, caí num silêncio grave.

— Diga, Naylor, ou Baylork, ou qualquer que seja seu nome, que acha da Alemanha moderna? Concorda com a Weltanschauung de Hitler?

Nenhuma resposta. Nem uma só palavra, apenas o rabiscado eterno. E por que não? Porque a Weltanschauung era demais para ele! Demais para qualquer rato. Aquilo o intrigava, o estupidificava. Era a primeira vez e a última que ouviria a palavra pronunciada na sua vida. Colocou o lápis no bolso e espiou por cima do meu ombro. Teve de ficar na ponta dos pés para fazer aquilo, de tão nanico que era aquele anão desgraçado.

— Manuel! — gritou. — Oh, Manuel! Venha cá um minuto!

Manuel se adiantou, apavorado, parando em posição de sentido, porque não era comum Shorty chamar alguém pelo nome, a não ser que fosse demiti-lo. Manuel tinha 30 anos, com um rosto famélico e ossos malares protuberantes como ovos. Trabalhava na minha frente, do outro lado da esteira rolante. Eu olhava muito para ele por causa dos seus dentes imensos. Eram brancos como leite, mas grandes demais para o seu rosto, o lábio superior não longo o suficiente para encobri-los. Fazia-me pensar em dentes e nada mais.

— Manuel, mostre a este camarada como se trabalha com um carro de bagagem.

[115]

Interrompi:

— Não vai ser necessário, Manuel. Mas, sob as atuais circunstâncias, ele dá as ordens aqui e, como dizem, uma ordem é uma ordem.

Mas Manuel estava do lado de Shorty.

— Venha comigo — disse. — Vou lhe mostrar.

Conduziu-me à frente, os palavrões se esvaindo da boca de Shorty de novo, fáceis de ouvir.

— Isso me diverte — falei. — É engraçado, sabe. Me dá vontade de rir. Aquele poltrão.

— Vou lhe mostrar. Venha comigo. Ordens do patrão.

— O patrão é um retardado. Tem *dementia praecox*.

— Não, não! Ordens do patrão. Venha.

— Muito divertido de uma maneira macabra... Saído dos compêndios de Krafft-Ebing.

— Ordens do patrão. Não tem jeito.

Fomos até o local onde guardavam os carros de bagagem e cada um de nós puxou um deles. Manuel empurrou o seu para o pátio e eu o segui. Era muito fácil. Quer dizer que os chamavam de carros de bagagem... Quando eu era garoto, nós os chamávamos de burro-sem-rabo. Qualquer um com duas mãos era capaz de operar um carro de bagagem. A nuca de Manuel era como o pelo de um gato preto aparado por uma faca de açougueiro enferrujada. O topete era como um rochedo. Era um corte de cabelo doméstico. O fundilho de seu macacão fora remendado com um retalho de lona branca, malcosturado, como se tivessem usado um grampo de cabelo com um pedaço de barbante. Seus saltos estavam gastos até o chão molhado, as solas com meias-solas de fibra molhada, presas por grandes pregos. Parecia tão pobre que me deixava raivoso. Conhecia muita gente pobre, mas Manuel não precisava ser *tão* pobre.

— Me diga — falei. — Quanto é que você ganha, pelo amor de Deus?

O mesmo que eu. Vinte e cinco centavos por hora.

Encarou-me direto nos olhos, um homem alto e esguio com o rosto abaixado, prestes a desabar, com olhos escuros profundos e honestos, mas muito desconfiado. Tinham aquele ar atormentado e melancólico da maioria dos olhos dos peões.

Ele disse: — Gosta do trabalho na fábrica?

— Me diverte. Tem os seus momentos.

— Eu gosto. Gosto muito.

— Por que não compra sapatos novos?

— Não tenho dinheiro.

— Você é casado?

Acenou com a cabeça rápido e firme, contente de ser casado.

— Tem filhos?

Mostrou contentamento em relação a isso também. Tinha três filhos, porque ergueu três dedos entortados e sorriu.

— Como é que consegue sobreviver com 25 centavos por hora?

Ele não sabia. Céus, não sabia, mas sobrevivia. Colocou a mão na testa e fez um gesto desamparado. Eles viviam, não era muito, mas um dia vinha depois do outro e estavam vivos para participarem daquilo.

— Por que não pede mais dinheiro?

Sacudiu a cabeça violentamente.

— Podem me demitir.

— Sabe o que você é? — falei.

Não. Ele não sabia.

— Você é um tolo. Um tolo pura e simplesmente, sem salvação. Olhe só para si mesmo. Você pertence à dinastia dos escravos. O tacão das classes dominantes na sua virilha. Por que não se torna um homem e entra em greve?

[117]

— Nada de greve. Não, não. Vou ser demitido.

— Você é um tolo. Um desgraçado de um tolo. Olhe só para si mesmo! Não tem sequer um par decente de sapatos. E olhe para o seu macacão! E, por Deus, tem um ar de fome. Está com fome?

Não quis falar.

— Responda-me, seu tolo! Está com fome?

— Nenhuma fome.

— Seu mentiroso de uma figa.

Seus olhos caíram até os pés enquanto caminhava se arrastando. Examinava os sapatos. Olhou então para os meus, que eram melhores do que os seus sob todos os aspectos. Parecia feliz porque eu tinha sapatos melhores. Olhou para o meu rosto e sorriu. Aquilo me deixou furioso. Qual era o sentido de se sentir contente com aquilo? Eu queria lhe dar um soco.

— Muito bons — falou. — Quanto foi que pagou?

— Cala a boca.

Prosseguimos. Eu atrás dele. De repente, fiquei tão zangado que não conseguia manter a boca fechada:

— Seu idiota! Seu idiota que aceita tudo! Por que não põe abaixo essa fábrica e exige os seus direitos? Exija sapatos! Exija leite! Olhe só para si mesmo! Parece um bobalhão, um condenado! Onde está o leite? Por que não brigou por ele?

Seus braços se retesaram no guidom do carrinho. Sua garganta morena tremeu de raiva. Achei que tinha ido longe demais. Talvez houvesse uma luta. Mas não era isso.

— Fique quieto! — sibilou. — Podem demitir a gente!

Mas o local estava barulhento demais, com o guincho de rodas e o baque dos caixotes e Shorty Naylor a uns 30 metros de distância na porta ocupado em conferir cifras e incapaz de nos ouvir. Quando vi como era seguro, decidi que ainda não havia acabado.

— E quanto a sua mulher e aos seus filhos? Aqueles queridos bebezinhos? Exija leite! Pense neles morrendo de fome enquanto os bebês dos ricos nadam em galões de leite! Galões! E por que devia ser assim? Você não é um homem como os outros homens? Ou é um néscio, um retardado, um monstruoso refugo da dignidade que é o antecedente primordial do homem? Está me ouvindo? Ou está tapando os ouvidos porque a verdade os fere e você é fraco demais e receia ser outra coisa além de um ablativo absoluto, uma dinastia de escravos? Dinastia de escravos! Dinastia de escravos! Você quer pertencer a uma dinastia de escravos! Adora o imperativo categórico! Você não quer leite, você quer hipocondria! Você é uma prostituta, uma vagabunda, um gigolô, uma puta do capitalismo moderno! Você me dá engulhos e me dá vontade de vomitar.

— Sim — disse ele. — Você vomita. Não é nenhum escritor. Você simplesmente vomita.

— Eu escrevo o tempo todo. Minha cabeça nada numa fantasmagoria transposta em frases.

— Bah! Você me faz vomitar também.

— Vá à merda! Seu gigante bobalhão!

Ele começou a empilhar caixotes para a sua carga. A cada um ele grunhia, estavam bem no alto e eram difíceis de alcançar. Ele devia estar me ensinando. O patrão não mandara observar? Pois bem, eu estava observando. Não era Shorty o patrão? Muito bem, eu estava cumprindo ordens. Seus olhos chisparam de raiva.

— Vamos! Trabalhe!

— Não fale comigo, seu burguês proletário capitalista.

As caixas pesavam 25 quilos cada. Ele as empilhava de 10 em 10, uma sobre a outra. Então enfiava o nariz do carrinho debaixo da pilha e prendia a caixa de baixo com presilhas na base do carro. Eu nunca vira aquele tipo de carro. Tinha visto carros de bagagem, mas não carros de bagagem com presilhas.

[119]

Novamente o progresso alteia a sua bela cabeça. A nova técnica se impõe até mesmo no humilde carro de bagagem.

— Fique quieto e observe.

Com um sacolejo, ele ergueu a carga do chão e a equilibrou nas rodas, os guidons à altura do ombro. Era um truque. Eu sabia que não era capaz de executá-lo. Ele levou a carga embora. E, no entanto, se conseguia fazê-lo, ele, um mexicano, um homem que sem dúvida nunca lera um livro na sua vida, que nunca sequer ouvira falar da transposição dos valores, então eu também seria capaz. Ele, aquele mero peão, havia empilhado 10 caixotes no seu carrinho.

E quanto a você, Arturo? Vai se deixar superar por ele? Não — mil vezes não! Dez caixotes. Muito bem. Vou botar 12 caixotes no meu carrinho. Então peguei o meu carro. A essa altura, Manuel estava de volta para novo carregamento.

— Tem caixotes demais — falou.

— Cale a boca.

Empurrei meu carro na direção da pilha e abri as presilhas. Tinha de acontecer. Estava apertado demais. Eu sabia que ia acontecer. Não tinha sentido tentar superá-lo. Eu sabia daquilo o tempo todo, mas insisti mesmo assim. Houve um estalo e um baque. A pilha de caixotes caiu como uma torre. Espalharam-se por toda a parte. O caixote superior estourou e se abriu. Latas saltaram dela, suas formas ovaladas correndo pelo chão como filhotes de cachorro assustados.

— Caixotes demais! — gritou Manuel. — Eu avisei. Caixotes demais!

Virei-me e gritei: — Quer calar essa boca, seu sebento de uma ova, seu desgraçado peão mexicano, sabujo burguês proletário capitalista!

A pilha caída estava no caminho dos outros carrinhos. Os operários desviavam chutando para longe as latas que impediam

[120]

a sua movimentação. Ajoelhei-me e as juntei. Era enojante aquela cena, um homem branco de joelhos recolhendo latas de peixe enquanto ao meu redor, de pé, estavam esses estrangeiros.

Não demorou para que Shorty Naylor visse o que tinha acontecido. Aproximou-se correndo.

— Achei que sabia operar um carro de bagagem.

Levantei-me.

— Eles não são carros de bagagem. São carros de presilhas.

— Não discuta. Limpe essa sujeira.

— Acidentes acontecem, Naylor. Roma não foi construída num dia. Existe um velho provérbio de *Assim falou Zaratustra...*

Fez um aceno de deixa pra lá com a mão.

— Pelo amor de Cristo, não se preocupe com isso! Tente de novo. Mas dessa vez não carregue tantos caixotes. Tente cinco caixotes de cada vez, até pegar o jeito.

Encolhi os ombros. Afinal, o que se podia fazer naquele ninho de estupidez? A única coisa que restava era ser bravo, ter fé na decência intrínseca do homem e se agarrar a uma crença na realidade do progresso.

— Você é o patrão — falei. — Sou um escritor, como sabe. Sem qualificação, eu...

— Deixa pra lá! Já sei de tudo isso! Todo mundo sabe que você é um escritor, todo mundo. Mas faça-me um favor, sim? — e estava quase implorando. — Tente carregar cinco caixotes, sim? Apenas cinco. Pode fazer isso? Não seis ou sete. Apenas cinco. Pode fazer isso para mim? Vá com calma. Não se mate. Apenas cinco de cada vez.

Afastou-se dali. Os palavrões rolaram em meio a sua respiração — obscenidades endereçadas a mim. Então era assim! Fiz o gesto do polegar na ponta do nariz pelas suas costas. Eu o desprezava, uma pessoa inferior, um bobalhão de vocabulário limitado, incapaz de expressar seus próprios pensamentos, por mais desagradáveis que fossem, exceto através do recurso fraudulento dos palavrões. Um rato. Ele era um rato. Era um rato nojento de língua ferina que nada sabia sobre a Weltanschauung de Hitler.

— Mije em cima dele!

Voltei à tarefa de juntar as latas caídas. Quando tinham sido todas recolhidas, decidi que pegaria outro carrinho. No canto, encontrei um diferente dos demais, com quatro rodas, em vez de duas, uma espécie de carro com uma língua de ferro. Era muito leve, com uma superfície larga e plana. Puxei até onde os rapazes carregavam seus carros de bagagem. Causou uma sensação. Olhavam para o carro como se nunca tivessem visto antes, exclamando em espanhol. Manuel coçou a cabeça em sinal de repulsa.

— O que você faz agora?

Coloquei o carro na posição.

— Vocês não saberiam, suas ferramentas da burguesia.

Então eu o carreguei. Não com cinco caixas. Nem com 10. Nem com 12. Enquanto continuava a empilhar os caixotes, percebi as possibilidades abertas por esse tipo de carro. Quando finalmente parei, tinha 34 caixotes a bordo.

Trinta e quatro vezes 25 quilos? Quanto dava isso? Puxei meu caderno de notas e calculei. Oitocentos e cinquenta quilos. E isso multiplicado por 10 dava 8.500 quilos. Ou seja, oito toneladas e meia. Oito toneladas e meia por hora davam 85 toneladas por dia. Oitenta e cinco toneladas por dia davam 595 toneladas por semana. Quinhentas e noventa e cinco toneladas por semana davam 30.940 toneladas por ano. Naquele ritmo eu carregaria 30.940 toneladas por ano. Imaginem! E os outros carregavam apenas 250 quilos por carrinho.

— Abram caminho!

Eles se colocaram de lado e eu comecei a puxar. A carga se moveu lentamente. Empurrei para a frente, encarando a carga.

Meu avanço foi lento porque meus pés escorregavam no chão molhado. A carga estava no meio das coisas, diretamente no caminho dos outros carregadores, o que causou uma pequena confusão, mas não muita, tanto na ida como na volta. Finalmente, o trabalho parou. Todos os carros ficaram paralisados no meio da sala, como um engarrafamento de trânsito no centro da cidade. Shorty Naylor veio apressadamente. Eu empurrava com força, grunhindo e escorregando, perdendo mais terreno do que ganhava. Mas não era culpa minha, era culpa do chão, que estava escorregadio demais.

— Que diabo está acontecendo aqui? — gritou Shorty.

Relaxei, buscando um momento de descanso. Ele deu um tapa na testa e sacudiu a cabeça.

— O que você está fazendo *agora*?

— Carregando caixotes.

— Saia do caminho! Não vê que está entravando a circulação?

— Mas veja só o tamanho dessa carga! Oitocentos e cinquenta quilos!

— Saia do caminho!

— Isso é três vezes mais do que...

— Eu disse para sair do caminho!

O idiota. O que eu podia fazer contra aquilo?

O restante da tarde eu carreguei cinco caixotes de cada vez com um carrinho de duas rodas. Era uma tarefa muito desagradável. O único homem branco, o único americano, carregando a metade do que carregavam os estrangeiros. Tinha de fazer algo a respeito. Os rapazes não diziam nada, mas cada um deles sorria quando passava por mim com minha magra carga de cinco caixotes.

Finalmente, encontrei uma saída. O operário Orquiza puxou uma caixa do topo da pilha, afrouxando toda a parede das outras caixas. Com um grito de advertência, corri até a parede de caixas e a escorei com meu ombro. Não era necessário, mas suportei a parede de caixotes contra meu corpo, meu rosto ficando roxo, como se a pilha estivesse para cair sobre mim. Os rapazes rapidamente controlaram a situação. Depois, eu segurei o ombro, gemi e cerrei os dentes. Saí cambaleando, quase sem poder andar.

— Você está bem? — perguntaram-me.

— Não foi nada — e eu sorri. — Não se preocupem, camaradas. Acho que desloquei o ombro, mas está tudo bem. Não se preocupem com isso.

Agora, com um ombro deslocado, não havia razão para rirem da minha carga de cinco caixotes.

Naquela noite, trabalhamos até as sete horas. A neblina nos retardou. Fiquei mais alguns minutos além do horário. Estava fazendo hora. Queria me encontrar a sós com Shorty Naylor. Havia algumas coisas que queria discutir com ele. Quando os outros foram embora e a fábrica ficou deserta, uma solidão estranha e agradável baixou sobre ela. Fui ao escritório de Shorty Naylor. A porta estava aberta. Ele lavava as mãos naquele sabão em pó forte que era uma espécie de lixívia. Eu podia sentir o cheiro. Ele parecia parte da estranha e vasta solidão da fábrica de enlatados, pertencia a ela como uma viga-mestra do telhado. Por um momento parecia triste e suave, um homem com muitas preocupações, uma pessoa como eu, como qualquer outra. Naquela hora noturna, com o prédio expondo-o a uma vasta solidão, pareceu-me até um bom sujeito, no fim das contas. Mas eu tinha algo na cabeça. Bati na porta. Ele se virou.

— Olá. Qual é o problema?

— Nenhum problema — falei. — Eu só queria sua opinião sobre uma questão.

— Bem, manda lá. O que é.

— Uma pequena questão que tentei discutir com você mais cedo nesta tarde.

Estava secando as mãos numa toalha preta.

— Não consigo lembrar. Era a respeito do quê?

— Foi muito grosseiro a respeito da questão esta tarde — falei. — Talvez não queira discuti-la.

— Ora — Ele sorriu. — Sabe como é quando um homem está ocupado. Claro, vou discuti-la. Qual é o problema?

— A Weltanschauung de Hitler. Qual é a sua opinião sobre a Weltanschauung do Führer?

— O que é isso?

— A Weltanschauung de Hitler.

— A o que de Hitler? Weltan... o quê?

— A Weltanschauung de Hitler.

— O que é isso? O que é Weltanschauung? Você me pegou nessa, rapaz. Não sei nem o que quer dizer.

Assobiei e recuei.

— Meu Deus! — falei. — Quer dizer que nem mesmo sabe o que significa!

Sacudiu a cabeça e sorriu. Não era muito importante para ele; não tão importante como secar as mãos, por exemplo. Não tinha nenhuma vergonha de sua ignorância — não estava chocado de modo algum. Na verdade, parecia muito contente. Dei uns estalos com a língua e recuei até a porta, com um sorriso desolado. Isso era quase demais para mim. O que eu podia fazer contra um ignorantão daqueles?

— Ora, bem, se não sabe, ora, eu acho que não sabe e não tem sentido discutir isso; se não sabe, e tudo indica que não sabe, portanto uma boa-noite, se não sabe. Boa noite. Nos vemos amanhã pela manhã.

Ficou tão surpreso que esqueceu de continuar secando as mãos.

Então perguntou erguendo a voz:

— Ei! — gritou. — O que é isso tudo, afinal?

Mas eu tinha saído, apressando-me através da escuridão do vasto armazém, apenas o eco de sua voz me alcançando. No caminho de saída, passei pela sala molhada e pegajosa onde desembarcavam cavalinhas dos botes de pesca. Mas esta noite não havia cavalinhas, a temporada tendo acabado de terminar, e em vez disso havia atuns, os primeiros atuns de verdade que vi em tais números, o chão forrado deles, milhares espalhados sobre um tapete de gelo sujo, suas barrigas brancas e cadavéricas pousadas na semiescuridão.

Alguns ainda estavam vivos. Era possível ouvir os abanos esporádicos das caudas. À minha frente sacudia-se a cauda de um que estava mais vivo do que morto. Arranquei-o do gelo. Estava muito frio e ainda quicando. Carreguei-o da melhor maneira que pude, arrastando-o também, até a mesa de corte onde as mulheres o prepariam amanhã. Era tremendo, pesando quase 50 quilos, um indivíduo monstruoso de outro mundo, com grande força ainda em seu corpo e um filete de sangue escorrendo do seu olho, onde fora fisgado. Forte como um homem, ele me odiava e tentava fugir do cepo. Peguei uma peixeira e a mantive debaixo das guelras brancas e pulsantes.

— Seu monstro! — falei. — Seu monstro negro! Soletre Weltanschauung! Vamos lá — *soletre!*

Mas era um peixe de outro mundo; não sabia soletrar nada. O melhor que podia fazer era lutar por sua vida e já estava cansado demais para isso. Mesmo assim, quase conseguiu escapar. Golpeei-o com meu punho. Então enfiei a peixeira sob sua guelra, divertindo-me com seus arquejos inúteis, e cortei sua cabeça.

[126]

— Quando lhe disse para soletrar Weltanschauung, eu falei sério!

Eu o empurrei de novo entre seus camaradas sobre o gelo.

— Desobediência significa morte.

Não houve resposta, a não ser o leve abano de uma cauda em algum lugar na escuridão. Enxuguei as mãos num saco de aniagem e pisei na rua na direção da minha casa.

Dezesseis

No dia seguinte àquele em que destruí as mulheres, eu desejei que não as tivesse destruído. Quando estava ocupado e cansado, eu não pensava nelas, mas domingo era dia de descanso e eu ficava ao léu sem nada para fazer, e Helen, Marie, Ruby e a Garotinha cochichavam freneticamente para mim, perguntando-me por que tivera tanta pressa em destruí-las, perguntando-me se eu não lamentava aquilo. E eu lamentava.

Agora tinha de me satisfazer com suas lembranças. Mas suas lembranças não eram o suficiente. Elas me escapavam. Eram diferentes da realidade. Eu não podia segurá-las e olhar para elas como fazia com as fotos. Agora eu passava o tempo todo a desejar que não as tivesse destruído e me chamava de um cristão desgraçado e nojento por ter feito aquilo. Pensei em fazer outra coleção, mas não era fácil. Levara muito tempo para juntar aquelas outras. Não podia sair por aí buscando mulheres que igualassem a Garotinha e provavelmente nunca mais haveria de novo em minha vida outra mulher como Marie. Jamais podiam ser duplicadas. Havia outra coisa que me impedia de fazer outra coleção. Estava cansado demais. Eu costumava ficar sentado com um livro de Spengler ou Schopenhauer, e sempre que os lia ficava me chamando de impostor e de idiota porque o que realmente queria eram aquelas mulheres que não existiam mais.

Agora o armário de roupas estava diferente, cheio com os vestidos de Mona e com o odor horrível da fumigação. Certas noites eu achava que não podia suportar aquilo. Caminhava para cima e para baixo sobre o tapete cinzento, pensando como eram horríveis tapetes cinzentos e roendo as unhas. Não conseguia ler nada. Não tinha vontade de ler um livro escrito por um grande homem e costumava me indagar se eram tão grandes assim. Afinal, eram tão grandes quanto Hazel, Marie ou a Garotinha? Poderia Nietzsche se comparar com os cabelos dourados de Hazel? Certas noites eu achava que não. Era Spengler tão grande quanto as unhas de Hazel? Às vezes sim, às vezes não. Havia um tempo e um lugar para tudo, mas, no que me tocava, eu preferiria a beleza das unhas de Hazel a 10 milhões de volumes de Oswald Spengler.

Eu queria a privacidade do meu estúdio de novo. Olhava para a porta do armário de roupas e dizia que era um túmulo através do qual eu jamais poderia entrar de novo. Os vestidos de Mona! Aquilo me deixava doente. E, no entanto, não podia mandar Mona e minha mãe botarem os vestidos em outro lugar. Não podia chegar para minha mãe e dizer: "Por favor, tire aqueles vestidos dali." As palavras não sairiam. Eu detestava aquilo. Achei que estava me tornando um Babbitt, um covarde moral.

Certa noite, minha mãe e Mona não estavam em casa. Só em nome dos bons tempos, resolvi fazer uma visita ao meu estúdio. Uma pequena viagem sentimental à terra do ontem. Fechei a porta, fiquei parado na escuridão e pensei nas muitas vezes em que esse quartinho era só meu, sem nenhuma parte da minha irmã o perturbando. Mas nunca poderia ser o mesmo de novo.

Na escuridão, estendi a mão e senti os vestidos pendurados dos cabides. Eram como as mortalhas de milhões e milhões de freiras mortas do início do mundo. Pareciam me desafiar: pareciam estar ali só para me apoquentar e destruir a fantasia pacífica de minhas mulheres que nunca haviam existido. Uma amargura tomou conta de mim e era doloroso sequer lembrar os velhos tempos. Mas agora eu havia quase esquecido as feições daquelas outras.

Enrolei o punho nas dobras de um vestido para me impedir de gritar. Agora o armário tinha o odor inconfundível de rosários e incenso, de lírios brancos em funerais, de tapeçarias nas igrejas da minha infância, de cera e de janelas altas e escuras, de velhas mulheres de preto ajoelhadas na missa.

Era a escuridão do confessionário, com um menino de 12 anos chamado Arturo Bandini ajoelhado diante de um padre e lhe contando que havia feito algo terrível, e o padre lhe dizendo que nada era terrível demais para o confessionário e o garoto dizendo que não tinha certeza de que fosse um pecado, o que havia feito, mas ainda assim estava seguro de que ninguém jamais fizera uma coisa daquelas porque, padre, é certamente engraçado, quero dizer, não sei exatamente como contar; e o padre finalmente arrancando a história dele, aquele primeiro pecado de amor, e advertindo-o de que nunca mais fizesse aquilo de novo.

Eu queria bater a cabeça contra a parede do armário e me machucar a ponto de perder os sentidos. Por que não jogava fora aqueles vestidos? Por que tinham de me lembrar de madre Mary Justin e de madre Mary Leo e de madre Mary Corita? Acho que eu pagava o aluguel deste apartamento; acho que podia jogá-los fora. E não podia entender por quê. Algo me proibia de fazê-lo.

Sentia-me mais fraco do que jamais sentira, porque, quando eu era forte, não teria hesitado um momento; teria feito uma trouxa com aqueles vestidos e os teria jogado pela janela e cuspido em cima deles. Mas o desejo havia sumido. Parecia tolo me zangar e sair sobraçando vestidos por aí. Eu estava morto e jogado ao léu.

Fiquei parado ali e encontrei meu polegar na boca. Parecia espantoso que ele estivesse ali. Imaginem. Eu, com 18 anos e ainda chupando o polegar! Então falei para mim mesmo: se você é tão corajoso e destemido, então por que não *morde* o polegar? Eu o desafio a mordê-lo! Você é um covarde se não o fizer. E eu disse, ora! Então é assim? Pois bem, não sou um covarde. E vou prová-lo!

Mordi o polegar até sentir o gosto de sangue. Senti os dentes contra a pele maleável, recusando-se a penetrar, e girei o polegar lentamente até os dentes cortarem a pele. A dor hesitou, moveu-se até as juntas dos dedos, subindo pelo braço, depois pelo ombro e pelos olhos.

Agarrei o primeiro vestido ao meu alcance e rasguei-o em pedaços. Veja como você é forte! Rasgue-o em pedacinhos! Rasgue até que não sobre mais nada! E eu o rasguei com as mãos e os dentes, e grunhi como um cachorro louco, rolando sobre o chão, puxando o vestido entre os joelhos e o xingando, lambuzando-o com meu dedo ensanguentado, maldizendo-o e rindo dele enquanto cedia à minha força e rasgava.

Então comecei a chorar. A dor no polegar não era nada. Era uma solidão que realmente doía. Eu queria rezar. Não havia dito uma prece há dois anos — não desde o dia em que deixei a escola secundária e comecei a ler de tudo. Mas agora queria rezar de novo, estava certo de que aquilo ajudaria, que me faria sentir melhor, porque, quando eu era garoto, a prece costumava fazer aquilo para mim.

Pus-me de joelhos, fechei os olhos e tentei pensar em palavras de oração. Palavras de oração eram um tipo diferente de palavras. Nunca percebi até aquele momento. Então fiquei sabendo da diferença.

[131]

Mas não havia palavras. Eu precisava rezar, dizer algumas coisas; havia uma prece em mim como um ovo. Mas não havia palavras.

Certamente não aquelas velhas preces!

Não o pai-nosso, com o Pai nosso que estais no céu, santificado seja o vosso nome, abençoado seja o vosso reino... Eu não acreditava mais naquilo. Não havia tal coisa como o céu.

Nem o Ato de Contrição, sobre oh, meu Deus, estou pesaroso de todo o meu coração por tê-Lo ofendido e detesto todos os meus pecados... Porque a única coisa que me fazia pesaroso era a perda das minhas mulheres, e aquilo era algo a que Deus enfaticamente se opunha. Ou será que Ele se opunha mesmo? Certamente, Ele devia ser contra aquilo. Se eu fosse Deus, certamente seria contra aquilo. Deus dificilmente podia ser a favor de minhas mulheres. Não. Então Ele era contra elas.

Havia Nietzsche, Friedrich Nietzsche.

Tentei recorrer a ele.

Rezei: — Oh, caríssimo e adorado Friedrich!

Nada feito. Parecia que eu era um homossexual.

Tentei de novo:

— Oh, caro sr. Nietzsche.

Pior. Porque comecei a pensar nas fotos de Nietzsche no frontispício de seus livros. Elas o faziam parecer um aventureiro da Corrida do Ouro de 1849, com um bigode desalinhado, e eu detestava os aventureiros de 1849.

Além do mais, Nietzsche estava morto. Estava morto havia muitos anos. Era um escritor imortal e suas palavras ardiam através das páginas de seus livros, e fora uma grande influência moderna, mas, apesar de tudo aquilo, estava morto e eu sabia disso.

Tentei então Spengler:

Eu disse: — Meu querido Spengler.

Horrível.

Eu disse: — Olá, como vai, Spengler?

Horrível.

Eu disse: — Escute aqui, Spengler!

Pior ainda.

Eu disse: — Bem, Oswald, como eu ia dizendo...

Brrr. E ainda pior.

Havia minhas mulheres. Estavam mortas também; talvez eu pudesse encontrar algo nelas. Tentei uma delas de cada vez, mas não tive sucesso, pois assim que pensava nelas eu ficava terrivelmente apaixonado. Como podia um homem estar apaixonado e se concentrar na prece? Aquilo era escandaloso.

Depois de ter pensado em tantas pessoas, sem nenhum êxito, fiquei cansado de tudo aquilo e ia desistir quando subitamente tive uma boa ideia, e a ideia era que eu não rezasse para Deus ou para os outros, mas para mim mesmo.

Arturo, meu rapaz. Meu querido Arturo. Parece que você sofre tanto e tão injustamente. Mas você é corajoso, Arturo. Você me lembra de um valoroso guerreiro com as cicatrizes de um milhão de conquistas. Que coragem a sua! Quanta nobreza! Quanta beleza! Ah, Arturo, como você é realmente bonito! Eu o amo tanto, meu Arturo, meu grande e poderoso deus. Pode chorar agora, Arturo. Deixe suas lágrimas escorrerem, pois a sua é uma vida de luta, uma batalha amarga até o fim, e ninguém sabe disso a não ser você, ninguém, exceto você, um belo guerreiro que combate sozinho, inflexível, um grande herói como o mundo jamais conheceu outro igual.

Sentei-me sobre os calcanhares e chorei até que os lados do meu corpo doíam. Abri a boca e uivei, e me senti tão bem, era tão doce chorar, as lágrimas escorrendo por meu rosto e lavando minhas mãos. Eu podia ter continuado assim durante horas.

Passos na sala de estar me fizeram parar. Os passos eram de Mona. Fiquei de pé e enxuguei os olhos, mas sabia que estavam vermelhos. Enfiando a saia rasgada debaixo da minha camisa, saí do armário embutido. Tossi um pouco, clareando a garganta, para mostrar que estava em paz com tudo.

Mona não sabia que havia alguém no apartamento. As luzes estavam apagadas e tudo o mais, e ela achou que o apartamento estava deserto. Olhou para mim com surpresa, como se nunca me tivesse visto antes. Caminhei alguns metros, para lá e para cá, tossindo e cantarolando, mas ela ainda me observava, sem nada dizer, os olhos colados em mim.

— Muito bem — falei. — Sua crítica da vida... diga alguma coisa.

Seus olhos estavam pousados na minha mão.

— Seu dedo. Está todo...

— É o meu dedo — disse eu. — Sua freira intoxicada por Deus.

Fechei a porta do banheiro atrás de mim e joguei o vestido dilacerado pelo poço de ventilação. Então coloquei uma atadura em meu dedo. Parei diante do espelho e olhei para mim. Eu amava meu próprio rosto. Achava que era uma pessoa muito bonita. Tinha o nariz reto e uma boca maravilhosa, com lábios mais vermelhos que os de uma mulher, apesar de suas pinturas e seus truques. Meus olhos eram grandes e claros, meu maxilar levemente protuberante, um maxilar forte, um maxilar que denotava caráter e autodisciplina. Sim, era um belo rosto. Um homem de bom julgamento teria encontrado muito nele que o interessasse.

No armário de remédios, encontrei a aliança de minha mãe, onde a deixava costumeiramente depois de lavar as mãos. Segurei o anel na palma da minha mão e olhei para ele com espanto. E pensar que esse anel, esse mero pedaço de metal, havia selado o laço nupcial que iria me produzir! Aquilo era uma coisa incrível. Pouco sabia meu pai, quando comprou esse anel, que ele simbolizaria a união de homem e mulher da qual sairia um dos maiores homens do mundo. Como era estranho estar de pé naquele barheiro, percebendo todas essas coisas! Esse pedaço de metal estúpido conhecia pouco o seu próprio significado. E, no entanto, um dia se tornaria uma preciosidade de colecionador, de valor incalculável. Eu podia ver o museu, com milhões de pessoas amontoando-se em torno dos herdeiros de Bandini, os gritos do leiloeiro e finalmente um Morgan ou um Rockefeller de amanhã faria subir o preço daquele anel para 12 milhões de dólares, simplesmente porque fora usado pela mãe de Arturo Bandini, o maior escritor que o mundo já conhecera.

Dezessete

Meia hora se passou. Eu estava lendo no divã. A atadura no meu polegar se destacava claramente. Mas Mona não falou mais naquilo. Ela estava do outro lado da sala, lendo também e comendo uma maçã. A porta da frente se abriu. Era minha mãe, voltando da casa do tio Frank. A primeira coisa que viu foi meu dedo com a atadura.

— Meu Deus — disse. — O que foi que aconteceu?

— Quanto dinheiro a senhora tem? — perguntei.

— Mas o seu dedo! O que aconteceu?

— Quanto dinheiro a senhora tem?

Seus dedos tatearam na bolsa puída enquanto ela continuava olhando para o dedo com a atadura. Estava excitada demais, assustada demais para abrir a bolsa, que caiu no chão. Ela a apanhou, os joelhos estalando, as mãos se agitando em busca do fecho da bolsa. Finalmente, Mona se levantou e pegou a bolsa de suas mãos. Completamente exausta, e ainda preocupada com o meu polegar, minha mãe desabou numa cadeira. Eu sabia que

[136]

seu coração batia violentamente. Quando recobrou o fôlego, perguntou de novo sobre a atadura. Mas eu estava lendo. Não respondi.

Ela perguntou de novo.

— Eu me machuquei.

— Como?

— Quanto dinheiro a senhora tem?

Mona contou, prendendo a maçã entre os dentes.

— Três dólares e uns trocados — resmungou.

— Quanto em trocados? — falei. — Seja específica, por favor. Preciso de respostas específicas.

— Arturo! — disse minha mãe. — O que aconteceu? Como foi que machucou o dedo?

— Quinze centavos — respondeu Mona.

— Seu dedo! — disse minha mãe.

— Dê-me os 15 centavos — disse eu.

— Venha pegá-los — disse Mona.

— Mas, Arturo! — disse minha mãe.

— Dê-me as moedas! — falei.

— Você não é aleijado — disse Mona.

— Sim, ele está aleijado! — disse minha mãe. — Veja só o seu dedo!

— É o *meu* dedo! E você me dê esses 15 centavos!

— Se quiser, venha pegá-los.

Minha mãe saltou da cadeira e se sentou ao meu lado. Começou a afastar os cabelos dos meus olhos. Seus dedos estavam quentes e estava tão empoada com talco que cheirava como um bebê, como um bebê envelhecido. Levantei-me imediatamente. Ela estendeu o braço para mim.

— Pobre dedo! Deixe-me vê-lo.

Caminhei até Mona.

— Me dê aqueles 15 centavos.

[137]

Não quis dar. Estavam sobre a mesa, mas ela se recusava a dá-los para mim.

— Estão aí. Pegue, se quiser.

— Quero que os entregue a mim.

Ela fungou de raiva.

— Seu tolo! — disse.

Coloquei as moedas no bolso.

— Vai lamentar isso — falei. — Por Deus, que é meu juiz, vai se arrepender dessa insolência.

— Está bem — disse ela.

— Estou ficando cansado de ser um burro de carga para um par de fêmeas parasitas. Devo lhes dizer que atingi o apogeu das minhas forças. A qualquer minuto, tenciono me libertar desse grilhão.

— Pu-pu-pu — zombou Mona. — Por que não se liberta agora, esta noite? Faria todo mundo feliz.

Minha mãe estava completamente fora do debate. Confusa e balançando de um lado para outro, nada conseguira saber sobre o meu dedo. A noite toda eu ouvira sua voz apenas vagamente.

— Sete semanas na fábrica de enlatados. Estou farto daquilo.

— Como machucou o dedo? — disse minha mãe. — Talvez esteja infeccionado.

Talvez estivesse! Por um momento, achei aquilo possível. Então talvez o sangue *estivesse* envenenado. Eu, um pobre garoto trabalhando para sustentar duas mulheres porque tinha a obrigação. Eu, um pobre garoto, nunca me queixando; e agora ia morrer de septicemia por causa das condições do local onde eu trabalhava para ganhar o pão que alimentava suas bocas. Eu queria romper num choro. Virei-me e gritei:

— Como foi que o machuquei? Vou lhes dizer como foi que o machuquei! Agora vocês vão saber a verdade. Pode ser contada finalmente. Ficarão sabendo da verdade demoníaca.

[138]

Machuquei o dedo numa máquina! Machuquei-o jogando fora a minha vida como escravo naquele moedor de carne humana! Machuquei-o porque a boca de duas mulheres parasitas como fungos depende de mim. Machuquei-o por causa das idiossincrasias da inteligência nativa. Machuquei-o por causa do meu martírio incipiente. Machuquei-o porque meu destino não me negaria nenhum dogmatismo! Machuquei-o porque o metabolismo dos meus dias não me negaria nenhuma recrudescência! Machuquei-o porque possuo um sentido exagerado de nobreza de propósitos!

Minha mãe ficou sentada envergonhada, sem entender nada do que eu disse, mas captando o que eu tentava dizer, os olhos baixos, os lábios fazendo um beicinho, olhando inocentemente para suas mãos. Mona voltara à sua leitura, mastigando sua maçã e não prestando atenção. Virei-me para ela.

— Nobreza de propósitos! — gritei. — Nobreza de propósitos! Está me ouvindo, sua freira? Nobreza de propósitos! Mas agora estou cansado de toda nobreza. Estou revoltado. Vejo um novo dia para a América, para mim e para meus companheiros de trabalho naquela fábrica monstruosa. Vejo uma terra de leite e mel. Visualizo, e digo: Viva a nova América! Viva! Viva! Está me ouvindo, sua freira? Eu digo: Viva! Viva! Viva!

— Pu-pu-pu — disse Mona.

— Não escarneça, seu monstro horrendo!

Ela fez um som de desdém na garganta, deu uma virada no livro e ficou de costas para mim. Então, pela primeira vez, notei o livro que estava lendo. Era um livro da biblioteca, novo em folha, com uma capa vermelha vibrante.

— O que está lendo?

Nenhuma resposta.

— Estou alimentando o seu corpo. Acho que tenho o direito de saber quem alimenta o seu cérebro.

Nenhuma resposta.

— Então não quer falar!

Avancei e arranquei o livro de suas mãos. Era um romance de Kathleen Norris. Minha boca se escancarou com um arquejo enquanto toda a situação chocante se revelava. Então era assim que andavam as coisas na minha casa! Enquanto eu suava meu sangue na fábrica de enlatados, alimentando seu corpo, era com isso, com isso que ela alimentava o seu cérebro! Kathleen Norris. Essa era a América moderna! Não admira o declínio do Ocidente! Não admira o desespero do mundo moderno. Então era isso! Enquanto eu, um pobre garoto, trabalhava até descarnar os dedos, tentando fazer o melhor para lhes dar uma vida familiar decente, era essa a minha recompensa! Titubeei, medi a distância até a parede, cambaleei e caí de costas contra a parede, resvalando para o chão, buscando fôlego.

— Meu Deus — gemi. — Meu Deus.

— Qual é o problema? — perguntou minha mãe.

— O problema! O problema! Vou lhes dizer qual é o problema. Veja o que ela está lendo! Oh, Deus Todo-poderoso! Oh, Deus, tenha piedade de sua alma! E pensar que estou me matando de trabalhar, eu, um pobre garoto, desbastando a carne dos meus dedos, enquanto ela fica sentada, lendo esse nojento vômito de porco. Oh, Deus, dai-me forças! Aumentai minha fortaleza! Poupai-me de esganá-la!

E rasguei o livro em pedaços. Os pedaços caíram no tapete. Esmaguei-os com o tacão do meu sapato. Cuspi neles, babei neles, clareei a garganta e jorrei cuspe sobre eles. Então eu juntei os pedaços, carreguei-os até a cozinha e joguei-os na lata de lixo.

— Agora — falei. — Tente fazer isso de novo.

— É um livro da biblioteca — Mona sorriu. — Vai ter de pagar por ele.

— Prefiro apodrecer na cadeia.

— Vamos, vamos! — falou minha mãe. — O que está acontecendo?

— Onde estão aqueles 15 centavos?

— Deixe-me ver o seu polegar.

— Eu perguntei onde estão aqueles 15 centavos.

— No seu bolso — disse Mona. — Seu idiota.

E saí para a rua.

Dezoito

Atravessei o pátio da escola em direção ao Jim's Place. No meu bolso tilintavam os 15 centavos. O pátio da escola era de cascalho e meus pés ecoavam nele. Eis uma boa ideia, pensei, pátios de cascalho em todas as prisões, uma boa ideia; algo digno de lembrar; se eu fosse prisioneiro de minha mãe e de minha irmã, como seria fútil escapar com esse ruído; uma boa ideia, algo para se pensar.

Jim estava nos fundos da loja, lendo um boletim de turfe. Tinha acabado de instalar uma nova estante de bebidas. Parei diante dela para examinar as garrafas. Algumas eram muito bonitas, fazendo seu conteúdo parecer muito palatável.

Jim largou o boletim de corridas e se aproximou. Sempre impessoal, esperava que o outro sujeito falasse. Mastigava uma barra de chocolate. Isso parecia algo inusitado. Era a primeira vez que o via com algo na boca. E não gostei da sua aparência. Bati na estante de bebidas.

— Quero uma garrafa de bebida.

— Olá — disse ele. — E como vai o trabalho na fábrica de enlatados?

— Vai bem, eu suponho. Mas esta noite acho que vou me embriagar. Não quero falar sobre a fábrica de peixes enlatados.

Vi uma pequena garrafa de uísque, uma garrafa de 180 mililitros com o conteúdo que parecia ouro líquido. Queria 10 centavos pela garrafa. Parecia um preço sensato. Perguntei-lhe se era um bom uísque. Ele disse que era.

— O melhor que existe — disse.

— Vendido. Vou confiar na sua palavra e comprar sem nenhum comentário.

Entreguei-lhe os 15 centavos.

— Não — disse ele. — Custa só 10 centavos.

— Fique com um níquel extra. É uma gorjeta, um gesto de boa vontade e de camaradagem pessoal.

Com um sorriso, não quis aceitar. Mantive a mão estendida, mas ele ergueu a palma da mão e sacudiu a cabeça. Eu não podia entender por que ele sempre recusava minhas gorjetas. Não que eu só as oferecesse raramente; ao contrário, tentava lhe dar gorjeta a cada compra que fazia; na verdade, era a única pessoa à qual eu oferecia gorjeta.

— Não vamos começar isso tudo de novo — falei. — Estou lhe dizendo que sempre dou gorjetas. É uma questão de princípio para mim. Sou como Hemingway. Faço isso como se fosse uma segunda natureza minha.

Com um grunhido, ele pegou a moeda e a enfiou no bolso do jeans.

— Jim, você é um homem estranho; um personagem quixotesco cheio de excelentes qualidades. Você ultrapassa o melhor do que o vulgo tem a oferecer. Gosto de você porque sua mente tem amplidão.

Isso o deixou nervoso. Preferiria falar de outras coisas. Empurrou para trás os cabelos que caíam na testa e correu a mão sobre a nuca, enquanto buscava algo para dizer. Desarrolhei a garrafa e a ergui. "*Saluti*!" tomei um gole. Não sabia por que tinha comprado a bebida. Era a primeira vez na vida que gastava dinheiro com bebida. Detestava o gosto de uísque. Surpreendeu-me encontrá-lo na minha boca, mas lá estava ele, e antes que eu soubesse, a bebida estava funcionando, arenosa, contra meus dentes e a meio caminho garganta abaixo, dando patadas e unhadas como um gato que se afoga. O gosto era horrível, como cabelos queimando. Eu podia senti-lo bem no fundo, fazendo coisas terríveis dentro do meu estômago. Lambi os lábios.

— Maravilhoso! Você tinha razão. É maravilhoso!

Estava na boca do meu estômago, rolando sem parar, tentando encontrar um lugar para repousar, e eu esfreguei com força para que a ardência do lado de fora se igualasse à ardência de dentro.

— Fantástico! Soberbo! Extraordinário!

Uma mulher entrou na loja. Eu a vislumbrei pelo canto dos olhos enquanto se aproximava do balcão dos cigarros. Então me virei e dei uma olhada. Era uma mulher de 30 anos, talvez mais. Sua idade não tinha importância: estava ali — aquilo era o que importava. Não havia nada de notável nela. Tinha uma aparência muito simples e, no entanto, eu podia sentir aquela mulher. Sua presença saltou através da sala e me arrancou o fôlego da garganta. Era como uma descarga de eletricidade. Minha carne tremia de excitação. Podia sentir minha própria falta de fôlego e a torrente de sangue vermelho. Vestia um velho casaco púrpura desbotado com uma gola de pele. Não se deu conta de mim. Não parecia se dar conta de si mesma. Olhou na minha direção, depois se virou e encarou o balcão da tabacaria. Num lampejo, vi seu rosto branco. O rosto desapareceu atrás da gola de pele e nunca mais o vi.

[144]

Mas um relance bastou para mim. Nunca esquecerei aquele rosto. Era de um branco doentio, como as fotografias policiais de mulheres criminosas. Seus olhos eram famélicos, cinzentos, grandes e perseguidos. Os cabelos eram de uma cor qualquer. Castanhos e pretos, claros e no entanto escuros: não me lembro. Pediu um maço de cigarros batucando no balcão com uma moeda. Não falou. Jim lhe deu o maço. Não sentiu nem um pouco a mulher. Era apenas outro freguês para ele.

Eu ainda estava olhando. Sabia que não devia olhar tanto. Mas não me incomodava. Sentia que se apenas pudesse ver meu rosto, ela não objetaria. Sua gola de pele era um esquilo de imitação. O casaco era velho e estava puído na bainha, que lhe chegava aos joelhos. Era justo no seu corpo, projetando seus contornos para mim. Suas meias eram metálicas, com estrias onde a costura se rasgara e correra. Os sapatos eram azuis, com saltos tortos e solas gastas. Sorri e a olhei confiante porque não tinha medo dela. Uma mulher como a srta. Hopkins me perturbava e me fazia sentir um disparatado, mas não as mulheres das fotos, por exemplo, e não uma mulher como essa. Era tão fácil sorrir, era tão insolentemente fácil; era muito divertido sentir-me tão obsceno. Eu queria dizer algo sujo, algo sugestivo, como fiuuu! Posso aceitar o que você tem a oferecer, sua putinha. Mas ela não me viu. Sem se virar, pagou os cigarros, saiu da loja e desceu o Avalon Boulevard em direção ao mar.

Jim registrou a venda na caixa e voltou até onde eu estava. Começou a dizer algo. Sem dizer uma palavra a ele, eu saí. Simplesmente saí dali e peguei a rua atrás daquela mulher. Estava a mais de uma dúzia de passos a minha frente, caminhando apressadamente para a beira do cais. Eu realmente não sabia que a estava seguindo. Quando percebi, parei de repente e estalei os dedos. Oh! Então agora és um pervertido! Um pervertido sexual! Muito bem, muito bem, Bandini, não imaginava que fosse chegar a isso; *estou* surpreso! Eu hesitei, arrancando grandes lascas da unha do meu polegar e as cuspindo. Mas não queria pensar naquilo. Preferia pensar nela.

Não era graciosa. Seu jeito de andar era teimoso, bruto; caminhava como que desafiadoramente, por assim dizer, eu os desafio a interromperem a minha caminhada! Caminhava em ziguezague também, movendo-se de um lado da calçada até outro, às vezes pisando no meio-fio e às vezes batendo contra as janelas de vidro laminado a sua esquerda. Mas não importa como andasse, a figura debaixo do velho casaco púrpura ondulava e serpenteava. Seu passo era longo e pesado. Eu mantinha a distância original que ela guardava entre nós.

Sentia-me num frenesi; delirante e impossivelmente feliz. Havia aquele cheiro do mar, a suavidade limpa e salgada do ar, a indiferença fria e cínica das estrelas, a intimidade súbita e sorridente das ruas, a opulência brônzea da luz na escuridão, o langor cintilante da meia-lua. Eu amava tudo aquilo. Tinha vontade de gritar, de fazer ruídos esquisitos, ruídos novos, na minha garganta. Era como caminhar nu através de um vale cercado de belas garotas por todos os lados.

Cerca de meio quarteirão rua abaixo, subitamente me lembrei de Jim. Virei-me para ver se viera à porta para saber por que eu saíra tão apressadamente. Era um sentimento de culpa doentio. Mas ele não estava lá. A fachada de sua lojinha bem iluminada estava deserta. Todo o Avalon Boulevard não dava um sinal de vida. Olhei para as estrelas acima. Pareciam tão azuis, tão frias, tão insolentes, tão distantes e extremamente desdenhosas, tão presunçosas. As brilhantes lâmpadas da rua deixavam o bulevar tão iluminado como se fosse o início do crepúsculo.

Cruzei a primeira esquina quando ela chegava à frente do teatro no quarteirão seguinte. Estava ganhando distância, mas eu o permitia. Você não vai me escapar. Oh, bela dama, estou nos seus calcanhares e você não tem oportunidade de me escapar. Mas aonde está indo, Arturo? Dá-se conta de que está seguindo uma mulher estranha? Nunca fez *isso* antes. Qual é o seu motivo? Agora eu estava ficando assustado. Pensei naquelas viaturas policiais. Ela me atraía no seu rastro. Ah — então era isso —, eu era o seu prisioneiro. Sentia-me culpado, mas também sentia que nada fazia de errado. Afinal, saí à rua para um pouco de exercício no ar da noite; estou dando uma caminhada antes de me recolher. Oficial, eu moro aqui. Oficial, moro aqui há mais de um ano. Oficial, meu tio Frank. Conhece meu tio, oficial? Frank Scarpi? Claro, oficial! Todo mundo conhece meu tio Frank. Um bom homem. Vai lhe confirmar que sou seu sobrinho. Não há necessidade de me levar para a delegacia, nessas circunstâncias.

Enquanto eu caminhava, meu dedo com a atadura batia na minha coxa. Olhei para baixo e lá estava, aquela terrível atadura branca, batendo na coxa a cada passo, acompanhando o movimento do meu braço, um caroço branco grande e feio, tão branco e luminoso, como se cada lâmpada da rua soubesse a respeito dele e por que estava ali. Imaginem só! Mordeu o próprio dedo até sangrar! Podem imaginar um homem são da cabeça fazendo isso? Eu lhes digo que ele é insano, senhor. Fez coisas estranhas, senhor. Já lhe contei da ocasião em que matou aqueles caranguejos? Acho que o sujeito é louco, senhor. Sugiro que o levemos para a delegacia e façamos examinar a sua cabeça. Então eu arranquei a atadura, joguei-a na sarjeta e me recusei a pensar nela de novo.

A mulher continuava ampliando a distância entre nós. Agora estava meio quarteirão adiante. Eu não podia andar mais rápido. Seguia lentamente e disse a mim mesmo para apressar o passo um pouco, mas a ideia de viaturas da polícia começou a me retardar. Os policiais do porto eram da delegacia central de Los Angeles; eram tiras duros numa ronda dura e detinham um homem primeiro e depois lhe diziam por que fora detido, e sempre apareciam do nada, nunca a pé, mas em Buicks quietos e rápidos.

— Arturo — disse eu —, você certamente está se metendo em encrenca. Vai ser preso como um degenerado!

Degenerado? Que bobagem! Não posso sair para uma caminhada, se tiver vontade? Aquela mulher lá na frente? Nada sei sobre ela. Vivemos num país livre, por Deus. Que culpa tenho se ela está caminhando na mesma direção que eu? Se ela não gostar disso, que vá caminhar em outra rua, oficial. Além disso, essa é a minha rua favorita, oficial. Frank Scarpi é o meu tio, oficial. Ele vai testemunhar que eu sempre dou uma caminhada por esta rua antes de me recolher para dormir. Afinal, este é um país livre, oficial.

Na esquina seguinte, a mulher parou para acender um fósforo contra a parede do banco. Então acendeu um cigarro. A fumaça pairou no ar morto como balões azuis distorcidos. Pisei firme e me apressei. Quando cheguei às nuvens imóveis, fiquei na ponta dos pés e as puxei para baixo. A fumaça do cigarro *dela*! Ahá!

Sabia onde seu fósforo havia caído. Mais alguns passos e eu o apanhei. Lá estava ele, na palma da minha mão. Um fósforo extraordinário. Sem nenhuma diferença perceptível de outros fósforos e, no entanto, um fósforo extraordinário. Estava queimado pela metade, um fósforo de pinho de cheiro doce e muito bonito como uma peça rara de ouro. Beijei-o.

— Fósforo — falei. — Eu te amo. Seu nome é Henrietta. Eu te amo, de corpo e alma.

Coloquei-o na boca e comecei a mastigá-lo. O carvão tinha o gosto de um acepipe, de pinho agridoce, crocante e suculento. Delicioso, arrebatador. O fósforo exato que ela segurara entre os dedos. Henrietta. O mais belo fósforo que já comi, madame. Deixe-me congratulá-la.

[148]

Ela andava mais rápido agora, coalhos de fumaça no seu rastro. Eu absorvia grandes haustos da sua fumaça. Ahá! Aquele movimento em seus quadris era como um baile de serpentes. Sentia em meu peito e nas pontas dos dedos.

Agora nos aproximávamos dos cafés e dos bilhares do cais do porto. O ar noturno vibrava com as vozes dos homens e o estalo distante das bolas de bilhar. Na frente do Acme, estivadores apareceram subitamente, tacos de bilhar na mão. Deviam ter ouvido o clique dos saltos da mulher na calçada porque apareceram tão de repente e agora estavam na frente do salão, esperando.

Ela passou diante de uma alameda de olhos silenciosos, e eles a seguiram com um lento giro do pescoço, cinco homens parados na porta do bilhar. Eu estava uns 15 metros atrás. Eu os detestava. Um deles, um monstro com um gancho de prender sacas enfiado no bolso, tirou o charuto da boca e assobiou suavemente. Sorriu para os outros, limpou a garganta e cuspiu um jato prateado que atravessou a calçada. Eu detestava aquele rufião. Não sabia ele que havia uma postura municipal proibindo expectorar nas calçadas? Não tinha noção das leis da sociedade decente? Ou era meramente um monstro humano iletrado que precisava cuspir, cuspir e cuspir por simples animalismo, uma necessidade abjeta e viciosa em seu corpo que o forçava a escarrar seu vil catarro sempre que tinha vontade? Se eu soubesse seu nome! Eu o denunciaria ao departamento de saúde e iniciaria uma ação penal contra ele.

Cheguei então diante do Acme. Os homens me observaram passar também, todos eles sem nada para fazer e buscando algo para olhar. A mulher estava agora numa região em que todos os edifícios estavam negros e vazios, uma grande avenida de janelas escuras e vazias da Depressão. Por um momento, ela parou diante de uma dessas janelas. Depois, prosseguiu. Algo na janela chamara a sua atenção e a detivera.

Quando cheguei à janela, vi o que era. Era a vitrine da única loja ocupada na área. Uma loja de artigos de segunda mão, uma loja de penhores. Já havia passado muito do horário comercial e a loja estava fechada, as vitrines entulhadas de joias, ferramentas, máquinas de escrever, malas e câmeras. Um cartaz na vitrine dizia: *Pagamos os melhores preços por ouro velho.* Como sabia que ela havia lido aquele cartaz, eu o li e reli várias vezes. *Os melhores preços por ouro velho. Os melhores preços por ouro velho.* Agora nós dois havíamos lido o cartaz — Arturo Bandini e aquela mulher. Maravilhoso! E não tinha ela espiado cuidadosamente para os fundos da loja? Então o mesmo faria Bandini, pois o que as mulheres de Bandini faziam, Bandini também o fazia. Uma pequena lâmpada ardia nos fundos, sobre um pequeno cofre achatado. O aposento era um amontoado de artigos de segunda mão. Num canto havia uma gaiola de arame, atrás da qual se via uma mesa. Os olhos da minha mulher tinham visto tudo isso e eu não esqueceria.

Virei-me para segui-la de novo. Na esquina seguinte, ela saltou do meio-fio assim que o sinal luminoso ficou verde e indicou SIGA. Caminhei rápido, ansioso para atravessar também, mas o sinal mudou para vermelho e indicou PARE. Ao inferno com os sinais vermelhos. O amor não tolera barreiras. Bandini precisa atravessar. Rumo à vitória! E atravessei de qualquer maneira. Ela estava só seis metros à minha frente, o mistério cheio de curvas do seu corpo me inundando. Logo estaria próximo dela. Isso não me havia ocorrido.

Bem, Bandini; o que vai fazer agora?

Bandini não vacila. Bandini sabe o que fazer, não sabe, Bandini? Claro que sei! Vou lhe dizer doces palavras. Vou dizer: olá, minha querida! E que bela noite faz; teria objeções a que caminhasse um pouco ao seu lado? Conheço belas poesias, como os Cânticos de Salomão e aquele longo poema de Nietzsche sobre a volúpia — qual delas prefere? Sabia que sou um escritor? Sim, de verdade! Escrevo para a posteridade. Vamos caminhar pela beira d'água enquanto lhe conto sobre o meu trabalho, sobre a prosa para a posteridade.

Mas, quando cheguei junto a ela, uma coisa estranha aconteceu.

Estávamos lado a lado. Tossi e limpei a garganta. Estava para dizer: olá, minha boa senhora. Mas algo entalou em minha garganta. Não pude fazer mais nada. Não pude sequer olhar para ela porque minha cabeça se recusou a girar no meu pescoço. Minha coragem desaparecera. Eu achava que ia desmaiar. Estou desabando, falei; estou à beira de um colapso. E então a coisa estranha aconteceu: comecei a correr. Apoiei-me nos meus pés, joguei a cabeça para trás e corri como um tolo. Com os cotovelos disparando e as narinas se abrindo para o ar salgado, parti como um corredor olímpico, um ás dos 800 metros acelerando na reta final para a vitória.

O que faz agora, Bandini? Por que corre?

Tinha vontade de correr. E daí? Acho que posso correr, se tiver vontade, não posso?

Meus passos soavam na rua deserta. Eu ganhava velocidade. Portas e janelas passavam por mim num estilo alucinante. Nunca me dei conta de que tivesse tanta velocidade. Passando pela Corporação dos Estivadores num ritmo rápido, fiz uma ampla volta pela Front Street. Os longos armazéns projetavam suas sombras negras na rua e entre eles havia o eco rápido dos meus pés. Eu estava nas docas agora, com o mar do outro lado da rua, além dos armazéns.

Eu não era outro, além de Arturo Bandini, o maior corredor dos 800 metros nos anais do atletismo norte-americano. Gooch, o poderoso campeão holandês, Sylvester Gooch, o demônio da velocidade da terra dos moinhos e dos tamancos de madeira, estava 15 metros à minha frente e o possante holandês me dava a corrida da minha carreira. Eu poderia vencer? Era o que os milhares de homens e mulheres nas arquibancadas se perguntavam — especialmente as mulheres, pois eu era conhecido em tom de chacota entre os escribas esportivos como um "corredor de mulheres", por ser tremendamente popular entre as fãs femininas. Agora as arquibancadas se levantavam num frenesi. As mulheres erguiam os braços ao ar e me imploravam para vencer — pela América. Vamos, Bandini! Oh, vamos lá, Bandini! Como nós te amamos! E as mulheres estavam preocupadas. Mas não havia nada com que se preocupar. A situação estava sob perfeito controle e eu sabia disso. Sylvester Gooch estava ficando cansado; não aguentava o ritmo. E eu me poupava para aqueles últimos 50 metros. Sabia que podia derrotá-lo. Não temam, minhas senhoras, vocês que me amam, não tenham receio! As honras americanas dependem da minha vitória, eu sei disso, e quando a América precisar de mim, ela me encontrará a postos, no meio da luta, ansioso para dar o meu sangue. Com passadas largas, orgulhosas e bonitas, disparei na marca dos últimos 50 metros. Meu Deus, vejam só aquele homem correr! Gritos de alegria da garganta de milhares de mulheres. A três metros da fita de chegada, arranquei para a frente, rompendo-a um quarto de segundo à frente do possante holandês. Pandemônio nas arquibancadas. Cinegrafistas se juntaram ao meu redor, implorando algumas palavras. Por favor, Bandini, *por favor*! Encostado às docas havaiano-americanas, procurei recobrar o fôlego e concordei sorrindo em dar um depoimento para os rapazes. Um bando simpático de camaradas.

— Quero enviar um cumprimento à minha mãe — falei ofegante. — Está me ouvindo, mãe? Olá! Sabem, cavalheiros, quando era menino, lá na Califórnia, eu entregava jornais depois da escola. Naquela época, minha mãe estava hospitalizada.

Toda noite ela se aproximava da morte. E foi assim que aprendi a correr. Com a terrível percepção de que poderia perder minha mãe antes de entregar todas as minhas *Gazettes* de Wilmington, eu corria como um louco, terminando a minha rota e depois correndo oito quilômetros até o hospital. E aquele foi o meu campo de treinamento. Quero agradecer a todos vocês e uma vez mais mandar um alô a minha mãe lá na Califórnia. Olá, mãe! Como vão Billy e Ted? E o cachorro, ficou melhor?

Risos. Murmúrios sobre minha humildade nativa simples. Congratulações.

Mas, afinal, não havia muita satisfação em derrotar Gooch, por maior que fosse a vitória. Ofegante, eu estava cansado de ser um corredor olímpico.

Era aquela mulher do casaco púrpura. Onde estava agora? Corri de volta ao Avalon Boulevard. Não estava à vista. Excetuando os estivadores no quarteirão seguinte e as mariposas que orbitavam as lâmpadas de rua, o bulevar estava deserto.

Seu tolo! Você a perdeu. Ela sumiu para sempre.

Comecei um giro pelo quarteirão à sua procura. Na distância, ouvi o latido de um cão policial. Era Herman. Eu sabia tudo sobre Herman. Era o cachorro do carteiro. Um cão sincero. Não só latia, mas também mordia. Certa vez me perseguira por quarteirões e arrancara as meias dos meus tornozelos. Decidi desistir da busca. Estava ficando tarde, de qualquer maneira. Numa outra noite qualquer eu a procuraria. Tinha de estar no trabalho cedo na manhã seguinte. E assim parti para casa, subindo o Avalon Boulevard.

Vi o cartaz de novo: Pagamos os melhores preços por ouro velho. Aquilo mexeu comigo porque ela havia lido o cartaz, a mulher do casaco púrpura. Vira e sentira tudo aquilo — a loja, o vidro, a janela, a velharia lá dentro. Caminhara ao longo dessa mesma rua. Essa mesma calçada sentira o fardo encantador do

[153]

seu peso. Havia respirado esse ar e cheirado aquele mar. A fumaça do seu cigarro se misturara a ele. Ah, isso é demais, demais!

No banco, toquei o lugar onde ela havia riscado o fósforo. Ali, na ponta dos meus dedos. Maravilhoso. Um pequeno risco negro. Oh, risco, teu nome é Cláudia. Oh, Cláudia, eu te amo. Vou beijá-la para provar minha devoção. Olhei ao meu redor. Não havia ninguém à vista em dois quarteirões. Estiquei-me e beijei o risco negro.

Eu te amo, Cláudia. Imploro que se case comigo. Nada mais na vida tem importância. Mesmo meus escritos, aqueles volumes para a posteridade, nada significam sem você. Case-se comigo, senão irei até a doca e mergulharei de cabeça. E beijei de novo o risco negro na parede.

Então fiquei horrorizado ao notar que toda a fachada do banco estava coberta com as faixas e os riscos de milhares e milhares de fósforos. Cuspi de nojo.

Sua marca devia ser uma marca única; algo como ela mesma, simples e, no entanto, misteriosa, um risco de fósforo como o mundo nunca conhecera igual. Vou encontrá-la ainda que tenha de procurar para sempre. Estão me ouvindo? Para sempre e para sempre. Até me tornar um velho ficarei aqui de pé, procurando e procurando a marca misteriosa do meu amor. Outras não me desencorajarão. Agora eu começo: uma vida inteira ou um minuto, que importância tem?

Depois de menos de dois minutos, eu a encontrei. Tinha certeza da sua origem. Uma pequena marca tão fraca que era quase invisível. Somente ela podia tê-la feito. Maravilhosa. Uma marca minúscula com a mais leve sugestão de uma flama na sua cauda, um toque artístico nela, como uma serpente prestes a dar o seu bote.

Mas alguém se aproximava. Ouvi passos na calçada.

[154]

Era um homem muito velho com uma barba branca. Levava uma bengala e um livro e parecia imerso em pensamentos profundos. Mancava apoiado na bengala. Seus olhos eram brilhantes e pequenos. Enfiei-me para dentro da arcada até que ele passasse. Então emergi e dei uma chuva de beijos impetuosos sobre a marca. De novo eu imploro que se case comigo. Nenhum homem a amou tanto como eu. O tempo e a maré não esperam por ninguém. Não deixe para amanhã o que pode fazer hoje. Uma pedra que rola não cria musgo. Case-se comigo!

Subitamente a noite foi sacudida por uma tosse fraca. Era o velho. Seguira 50 metros e refizera o caminho. Lá estava ele, apoiado na bengala e me olhando atentamente.

Tremendo de vergonha, subi a rua correndo. No fim do quarteirão, eu me virei. O velho tinha se aproximado da parede. Ele a examinava também. Agora estava à minha procura. Tremi diante da ideia. Outro quarteirão e me virei de novo. Ele ainda estava lá, aquele velho terrível. Corri o restante do caminho para casa.

Dezenove

Mona e minha mãe já estavam na cama. Minha mãe roncava suavemente. Na sala de estar, o sofá-cama estava aberto, minha cama feita e o travesseiro amaciado. Despi-me e entrei debaixo dos lençóis. Os minutos passaram. Podia ouvi-los escoando no relógio do quarto da minha mãe. Meia hora passou. Eu estava bem desperto. Rolei na cama e senti uma dor na minha mente. Algo estava errado. Uma hora passou. Comecei a ficar irritado porque não conseguia dormir e comecei a suar. Chutei as cobertas e fiquei deitado, tentando pensar em algo. Tinha de me levantar cedo. Não seria de muito préstimo na fábrica sem muito repouso. Mas meus olhos estavam grudentos e ardiam quando tentava fechá-los.

Era aquela mulher. Era o balanço das suas formas caminhando pela rua, o vislumbre de seu rosto branco e mórbido. A cama se tornou intolerável. Liguei a luz e acendi um cigarro. Queimou na minha boca. Joguei-o fora e decidi deixar de fumar para sempre.

Uma vez mais na cama. E eu me agitava. Aquela mulher. Como eu a amava! O colear das suas formas, a fome em seus olhos assombrados, a pele envolvendo o seu pescoço, a falha em sua meia, a sensação no meu peito, a cor do seu casaco, o vislumbre do seu rosto, a coceira nos meus dedos, a impressão de flutuar ao segui-la na rua, a frialdade das estrelas cintilantes, o tolo contorno de uma meia-lua cálida, o gosto do fósforo, o cheiro do mar, a suavidade da noite, os estivadores, os estalidos das bolas de bilhar, as contas de música, o colear de suas formas, a música dos saltos de seus sapatos, a teimosia da sua ginga, o velho com um livro, a mulher, a mulher, a mulher.

Tive uma ideia. Empurrei as cobertas e saltei da cama. Que ideia! Atingiu-me como uma avalanche, como uma casa caindo, como o estilhaçar de um vidro. Sentia-me em fogo e louco. Havia papel e lápis na gaveta. Agarrei-os e corri à cozinha. Fazia frio na cozinha. Acendi o forno e deixei sua porta aberta. Sentado nu, comecei a escrever:

Amor eterno

ou

A mulher que um homem ama

ou

Omnia vincit amor

por

Arturo Gabriel Bandini

Três títulos.

Maravilhoso! Um começo soberbo. Três títulos, assim de repente!

Espantoso! Incrível! Um gênio! Um gênio de verdade!

E aquele nome. Ah, parecia magnífico.

Arturo Gabriel Bandini.

Um nome para ser levado em conta na longa galeria dos imortais de todos os tempos: um nome para eras intermináveis. Arturo Gabriel Bandini. E um nome que soava ainda melhor do que Dante Gabriel Rossetti. E ele era italiano também. Pertencia à minha raça.

Escrevi: "Arthur Banning, o multimilionário barão do petróleo, *tour de force*, *prima facie*, *petit maître*, *table d'hôte* e grande amante de mulheres deslumbrantes, bonitas, exóticas, açucaradas e consteladas em todas as partes do mundo, em cada canto do globo, mulheres de Bombaim, Índia, terra do Taj Mahal, de Gandhi e do Buda; mulheres em Nápoles, terra da arte italiana e da fantasia italiana; mulheres na Riviera; mulheres no lago Banff; mulheres no lago Louise; nos Alpes suíços; no Ambassador Coconut Grove, em Los Angeles, Califórnia; mulheres no famoso Pons Asinorum, na Europa; esse mesmo Arthur Banning, herdeiro de uma velha família da Virgínia, terra de George Washington e de grandes tradições americanas; esse mesmo Arthur Banning, belo e alto, um metro e noventa e três, de meias, distinto, com dentes como pérolas e uma certa qualidade esperta, mordaz e ousada pela qual todas as mulheres ficam irremediavelmente caídas, esse Arthur Banning estava na balaustrada do seu poderoso, mundialmente famoso e muito amado iate americano, o *Larchmont VIII*, e observava com seus olhos deletérios, olhos másculos, viris e possantes os raios carmesins, vermelhos do Velho Sol, mais conhecido como sol, mergulharem nas águas sinistras e fantasmagoricamente negras do mar Mediterrâneo, em alguma parte do sul da Europa, no ano do Nosso Senhor de 1935. E lá estava ele, herdeiro de uma família rica, famosa, poderosa, magníloquo, um homem galante, com o mundo aos seus pés e a grande, possante e notável fortuna dos Banning à sua disposição; e, no entanto, parado ali, algo preocupava Arthur Banning, alto, moreno bonito, bronzeado pelos raios do Velho Sol: embora tivesse viajado por muitas terras e muitos mares, e por muitos rios também, e embora tivesse feito amor e tivesse tido casos amorosos, dos quais todo mundo sabia, por meio da imprensa, da poderosa e implacável imprensa, ele, Arthur Banning, esse herdeiro, era infeliz e, embora rico, famoso, poderoso, era solitário e encastelado contra o amor. E de pé ali, tão incisivamente, no convés do seu *Larchmont VIII*, o melhor e o mais bonito e mais poderoso iate já construído, ele pensava se encontraria a garota dos seus sonhos em breve, se ela, a garota dos seus sonhos, seria parecida com a garota dos seus sonhos de infância, dos tempos em que ainda era um menino, sonhando nas margens do rio Potomac, na propriedade fabulosamente rica do seu pai, ou se ela seria pobre.

"Arthur Banning acendeu o seu caro e bonito cachimbo de urze-branca e chamou um de seus subordinados, um mero segundo imediato, e pediu àquele subordinado um fósforo. Aquele personagem valoroso, famoso e muito conhecido, um especialista no mundo das embarcações e no mundo naval, um homem de reputação internacional, no mundo dos navios, e do lacre, não impugnou, mas recebeu o fósforo com uma cortesia respeitosa de obsequiosidade, e o jovem Banning, belo, alto, agradeceu-lhe polidamente, até mesmo com algum constrangimento, e então reassumiu seus devaneios quixotescos sobre a garota afortunada que um dia seria sua noiva e a mulher dos seus sonhos mais ardentes.

"Naquele momento, um momento silente, ouviu-se um grito súbito, áspero, do horrendo labirinto do mar espumoso, um grito que se mesclava à batida das frígidas ondas contra a proa do orgulhoso, caro e famoso *Larchmont VIII*, um grito de aflição, um grito de mulher! O grito de uma mulher! Um grito pungente de amarga agonia e morte! Um grito de socorro! Socorro! Socorro! Com um rápido olhar às águas tempestuosas, o

[159]

jovem Arthur Banning passou por uma intensa fotossíntese de arregimentação, seus olhos azuis argutos, finos e belos olharam a distância enquanto ele tirava o seu caro paletó de noite, um paletó que havia custado 100 dólares, e ficava imóvel ali em esplendor juvenil, seu corpo jovem, bonito e atlético que havia conhecido embates férreos no campo de futebol americano de Yale e de futebol em Oxford, Inglaterra, e, como um deus grego, aparecia em silhueta contra os raios vermelhos do Velho Sol enquanto mergulhava nas águas do Mediterrâneo azul. Socorro! Socorro! Socorro! Ele ouvia aquele grito de agonia de uma mulher desamparada, coitada, uma mulher seminua, subnutrida, minada pela pobreza, em vestes baratas, que sentia aquele abraço gélido da morte impiedosa e trágica. Morreria ela sem assistência? Era uma situação aflitiva e, *sans cérémonie*, o belo Arthur Banning mergulhou nas águas."

Escrevi tudo isso de uma só estirada. Veio-me tudo tão rápido que não tive tempo de cruzar os ts nem de colocar os pingos nos is. Agora havia tempo para respirar um pouco e uma oportunidade de reler. Foi o que fiz.

Ahá!

Uma maravilha de texto! Soberbo! Eu nunca havia lido nada assim antes na minha vida. Espantoso. Levantei-me, cuspi nas mãos e esfreguei uma na outra.

Vamos lá! Quem quer brigar comigo? Vou brigar com qualquer tolo nesta sala. Posso surrar o mundo inteiro. Não era igual a nada na Terra aquela sensação. Eu era um fantasma. Flutuava e voava pelos ares, ria e flutuava. Aquilo era demais. Quem teria sonhado aquilo? Que eu fosse capaz de escrever assim. Meu Deus! Espantoso!

Fui até a janela e olhei para fora. O nevoeiro baixava. Um nevoeiro tão bonito. Joguei beijos para ele. Acariciei-o com minhas mãos. Querido nevoeiro, você é uma garota num vestido branco e eu sou uma colher no peitoril da janela. Foi um dia quente e estou todo acalorado, por isso, por favor, me beije, querido nevoeiro. Eu queria pular, viver, morrer, dormir de olhos bem abertos num sonho sem sonhos. Coisas tão maravilhosas. Uma clareza tão maravilhosa. Eu estava morrendo e era a morte e a vida eterna. Eu era o céu e não era o céu. Havia coisas demais para dizer e nenhum modo de dizê-las.

Ah, vejam o fogão. Quem teria acreditado! Um fogão. Imaginem. Belo fogão. Oh, fogão, eu amo você. A partir de agora serei fiel, derramando meu amor sobre você a toda hora. Oh, fogão, me bata. Me acerte no olho. Oh, fogão, como são bonitos os seus cabelos. Deixe-me mijar em você, porque eu o amo tão loucamente, meu mel, meu fogão imortal. E minha mão. Aqui está. Minha mão. A mão que escreveu. Senhor, uma mão. E que mão também. A mão que escreveu. Eu e você e minha mão e Keats. John Keats e Arturo Bandini e minha mão, a mão de John Keats Bandini. Maravilhoso. Oh, mão grande lande glande cande flande.

Sim, eu escrevi isso.

Senhoras e senhores do comitê, do comitê das tetas, do comitê das chupetas e mutretas, eu escrevi isso, senhoras e senhores, escrevi sim. De verdade. Não nego isto: uma pobre oferenda, se posso dizer, quase nada. Mas obrigado a vocês por suas generosas palavras. Sim, eu amo vocês todos. De verdade. Amo cada um de vocês, fiau, mingau, miau. Amo especialmente as mulheres, e suas colheres. Queiram se desnudar e se apresentar a mim. Uma de cada vez, por favor. Você aí, sua putona loura exuberante. Vai ser a primeira. Queira se apressar, meu tempo é limitado. Tenho muito trabalho a fazer. Tenho tão pouco tempo. Sou um escritor, vocês sabem, meus livros vocês conhecem, a imortalidade vocês conhecem, a fama vocês conhecem, vocês conhecem a fama, não conhecem, a fama, vocês a conhecem, não a conhecem? Fama e tudo o mais, tut tut, um mero incidente no tempo do homem. Eu simplesmente me sentei àquela mesinha ali naquele canto. Com um lápis na mão, sim. Um dom de Deus — não há dúvida alguma. Sim, acredito em Deus. Claro. Deus. Meu querido amigo Deus. Ah, obrigado, obrigado. A mesa? Claro. Para o museu? Claro. Não, não. Não será necessário cobrar ingresso. As crianças: deixem-nas entrar de graça, grátis. Quero que todas as crianças toquem nela. Oh, obrigado. Obrigado. Sim, aceito o presente. Obrigado, obrigado a todos vocês. Agora vou à Europa e às Repúblicas Soviéticas. O povo da Europa me espera. Um povo maravilhoso, aqueles europeus, maravilhosos. E os russos, eu os amo, meus amigos, os russos. Adeus, adeus. Sim, eu amo todos vocês. Meu trabalho, vocês sabem. Tanto dele: meu *opus*, meus livros, meus volumes. Adeus, adeus.

Sentei-me e escrevi de novo. O lápis rastejou através da página. A página se encheu. Virei-a. O lápis se moveu, descendo. Outra página. Para cima de um lado e para baixo do outro. As páginas se empilharam. Pela janela vinha o nevoeiro, acanhado e frio. Logo o aposento se encheu. Continuei escrevendo. Página 11. Página 12.

Ergui os olhos. Era dia. O nevoeiro afogava o aposento. O gás tinha apagado. Minhas mãos estavam amortecidas. Havia uma bolha no dedo que segurava o lápis. Meus olhos ardiam. Minhas costas doíam. Eu mal podia me mexer por causa do frio. Mas nunca em minha vida havia me sentido melhor.

VINTE

Aquele dia na fábrica eu estava imprestável. Esmaguei o dedo na bateria de latas. Mas graças a Deus não houve nenhum dano. A mão que escrevia não foi tocada. Foi a outra mão, a mão esquerda; minha mão esquerda não vale nada, de qualquer maneira; podem cortá-la, se quiserem. Ao meio-dia, eu adormeci nas docas. Quando acordei, tive medo de abrir os olhos. Estaria cego? Teria a cegueira me atingido tão cedo na minha carreira? Mas abri os olhos e graças a Deus podia enxergar. A tarde movia-se como lava. Alguém deixou cair uma caixa e ela me atingiu no joelho. Não tinha importância. Qualquer parte de mim, senhores, mas me poupem os olhos e minha mão direita.

No fim do expediente, corri para casa. Peguei o ônibus. Era o meu único níquel. No ônibus, caí no sono. Era o ônibus errado. Tive de caminhar oito quilômetros. Enquanto jantava, escrevi. Um péssimo jantar: hambúrguer. Tudo bem, mamãe. Não se preocupe comigo. Adoro hambúrguer. Depois do jantar,

escrevi. Página 23, página 24. Estavam se empilhando. À meia-
-noite, adormeci na cozinha. Rolei para fora da cadeira e bati a
cabeça contra a perna do fogão. Tut tut, velho fogão, esqueça
disso. Minha mão está bem e meus olhos também; nada mais
importa. Bata-me de novo, se quiser, bem no estômago. Minha
mãe tirou minhas roupas e me colocou na cama.

Na noite seguinte, escrevi até de madrugada de novo. Tive
quatro horas de sono. Naquele dia, levei papel e lápis para o trabalho. No ônibus, a caminho da fábrica, uma abelha me ferroou
na nuca. Que absurdo! Uma abelha ferroar um gênio! Sua abelha
tola! Vá embora, por gentileza. Devia se envergonhar. Supondo
que tivesse me ferroado na mão esquerda? É ridículo. Adormeci
de novo no ônibus. Quando acordei, o ônibus estava no final
da linha, bem no lado de San Pedro, do porto de Los Angeles,
a quase 10 quilômetros da fábrica de enlatados. Peguei o ferry
de volta. Peguei então outro ônibus. Eram 10 horas quando
cheguei na fábrica.

Shorty Naylor palitava os dentes com um fósforo.

— E então?

— Minha mãe está doente. Levaram-na para um hospital.

— Isso é mau — Foi tudo o que disse.

Naquela manhã, escapei do trabalho para o lavatório. Escrevi
lá. As moscas eram incontáveis. Enxameavam sobre mim, rastejavam em minhas mãos e no papel. Moscas muito inteligentes. Sem
dúvida, estavam lendo o que eu escrevera. A um dado momento,
fiquei perfeitamente imóvel para que elas pudessem rastejar sobre
o bloco de papel e examinar cada palavra pormenorizadamente.
Eram as moscas mais adoráveis que eu já conhecera.

Ao meio-dia, escrevi no café. Estava cheio, cheirando a banha
e sopa forte. Eu mal notei. Quando tocou o apito, vi meu prato
do meu lado. Não havia sido tocado.

À tarde, voltei furtivamente ao lavatório. Escrevi lá durante uma meia hora. Então Manuel apareceu. Escondi o bloco e o lápis.

— O patrão quer falar com você.

Fui ver o patrão.

— Onde diabos andou?

— Minha mãe. Está pior. Eu estava telefonando, ligando para o hospital.

Ele esfregou o rosto.

— Isso é mau.

— É muito sério.

Cacarejou.

— Isso é ruim. Ela vai se safar?

— Duvido. Dizem que é apenas uma questão de momentos.

— Deus. Lamento ouvir isso.

— Sempre foi uma ótima mãe para mim. Perfeita. Não saberia o que fazer se me deixasse. Acho que eu me mataria. É a única amiga que tenho no mundo.

— Qual é o problema?

— Trombose pulmonar.

Ele assobiou.

— Deus! Isso é terrível.

— Mas não é tudo.

— Não é tudo?

— Arteriosclerose também.

— Meu bom Deus Todo-poderoso.

Senti as lágrimas se aproximando e funguei. Imediatamente me dei conta de que o que disse sobre minha mãe ser o único amigo que tinha em todo o mundo era verdade. E estava fungando porque a coisa toda era possível, eu, um garoto pobre, trabalhando a vida toda como escravo nessa fábrica de enlatados;

[165]

e minha mãe morrendo, e eu, um garoto pobre sem esperança nem dinheiro, trabalhando como escravo sem esperanças enquanto minha mãe expirava, seus últimos pensamentos voltados para mim, um garoto pobre, mourejando numa fábrica de peixes enlatados. Era um pensamento de partir o coração. Lágrimas jorravam dos meus olhos.

— Ela tem sido maravilhosa — falei, soluçando. — Toda a sua vida foi sacrificada pelo meu sucesso. Isso me dói no fundo da alma.

— É duro — disse Shorty. — Acho que sei como se sente.

Minha cabeça afundou. Afastei-me arrastando, lágrimas escorrendo pelo rosto. Estava surpreso ao ver como uma mentira tão deslavada podia quase chegar a partir o meu coração.

— Não, não entende. Não *pode*! Ninguém entende isso que eu sinto.

Correu atrás de mim.

— Ouça — sorriu. — Por que não é sensato e tira o dia de folga? Vá ao hospital! Fique com sua mãe! Tente alegrá-la! Tira alguns dias, uma semana! Aqui a gente dá um jeito. Vou dar-lhe folga integral. Sei como se sente. Com os diabos, acho que já tive uma mãe também.

Cerrei os dentes e sacudi a cabeça.

— Não. Não posso. Não quero. Meu dever é aqui, com o restante do pessoal. Não quero que você tenha favoritos. Minha mãe gostaria que fosse assim também. Ainda que estivesse no último sopro de vida, sei que ela diria isso.

Agarrou-me pelos ombros e me sacudiu.

— Não! — disse eu. — Não vou aceitar.

— Escute aqui! Quem é o patrão? Agora vá e faça o que eu lhe disse. Saia daqui e vá até aquele hospital, e fique lá até que sua mãe melhore!

Finalmente, eu cedi e estendi a mão para ele.

[166]

— Deus, como o senhor é maravilhoso! Obrigado! Deus, nunca vou esquecer isso.

Ele deu um tapinha no meu ombro.

— Deixa pra lá. Entendo essas coisas. Acho que já tive uma mãe.

Da carteira tirou uma foto.

— Veja — sorriu.

Segurei a foto desbotada perto dos meus olhos desfocados. Era uma mulher quadrada, no formato de um tijolo, com um vestido de noiva que caía como lençóis do céu, amontoando-se aos seus pés. Atrás dela havia um fundo falso, árvores e arbustos, macieiras e roseiras em plena floração, o cenário de lona rasgado de buracos que se viam facilmente.

— Minha mãe — disse ele. — Esta foto tem 50 anos.

Achei que era a mulher mais feia que já vi. Seu maxilar era quadrado como o de um policial. As flores em suas mãos, seguradas como um espremedor de batatas, estavam murchas. Seu véu entortara, como um véu que pendesse de uma vareta de cortina quebrada. Os cantos de sua boca retorciam-se para cima num sorriso terrivelmente cínico. Parecia desprezar a ideia de estar toda paramentada para se casar com um daqueles malditos Naylor.

— É bonita, bonita demais para se expressar em palavras.

— Era maravilhosa, sem dúvida.

— Parece. Existe algo suave nela, como uma colina no crepúsculo, como uma nuvem na distância, algo doce e espiritual; sabe o que quero dizer, minhas metáforas são inadequadas.

— Sim. Ela morreu de pneumonia.

— Deus — falei. — Pense só nisso! Uma mulher maravilhosa como ela! As limitações da chamada ciência! E tudo começou com um resfriado comum também, não foi?

[167]

— Sim. Foi exatamente o que aconteceu.

— Nós, modernos! Que tolos somos! Esquecemos a beleza etérea das velhas coisas, das coisas preciosas, como aquele retrato. Deus, ela é maravilhosa.

— Sim. Deus, Deus.

Vinte e um

Naquela tarde, escrevi num banco de piquenique no parque. O sol deslizou até o horizonte e a escuridão se esgueirou do leste. Escrevi na penumbra. Quando o vento úmido soprou do mar, desisti e caminhei para casa. Mona e minha mãe nada sabiam, achando que eu voltava da fábrica.

Depois do jantar, comecei de novo. Não ia ser uma história curta afinal. Contei 33.560 palavras, sem incluir os artigos *o, a, os, as*. Um romance, um romance completo. Tinha 224 parágrafos e 3.580 frases. Uma sentença continha 438 palavras, a mais longa sentença que eu já vira. Estava orgulhoso dela e sabia que estupidificaria os críticos. Afinal, nem todo mundo era capaz de pegá-los naquela extensão.

E continuei escrevendo, sempre que podia, uma linha ou duas de manhã, todo o dia no parque durante três dias, e páginas à noite. Os dias e noites passaram debaixo do lápis como os pés de crianças correndo. Três blocos estavam cheios de textos e depois um quarto. Uma semana depois, tinha acabado. Cinco blocos. Sessenta e nove mil e nove palavras.

[169]

Era a história dos amores apaixonados de Arthur Banning. No seu iate, ele ia de país em país procurando a mulher dos seus sonhos. Teve casos amorosos com mulheres de toda raça, de todo país no mundo. Fui ao dicionário buscar todos os meus países e nenhum ficou de fora. Havia 60 deles, e um apaixonado caso de amor em cada um.

Mas Arthur Banning nunca encontrou a mulher dos seus sonhos.

Exatamente às 3h27 da madrugada da sexta-feira, 7 de agosto, terminei a história. A última palavra da última página era exatamente o que eu desejava.

Era: "Morte."

Meu herói dava um tiro em si mesmo que atravessava sua cabeça.

Segurava uma arma junto à têmpora e falava:

— Não consegui encontrar a mulher dos meus sonhos — dizia. — Agora estou pronto para a morte. Ah, doce mistério da morte.

Não escrevi exatamente que ele apertava o gatilho. Isso era ilustrado por sugestão, o que provava a minha habilidade de ser contido num clímax explosivo.

E assim terminou a história.

Vinte e dois

Quando cheguei em casa na noite seguinte, Mona lia o manuscrito. Os blocos de papel estavam empilhados na mesa e ela lia as palavras finais da última página, com seu clímax terrível. Ela parecia ter os olhos esbugalhados por um interesse intenso. Tirei a jaqueta e esfreguei as mãos.

— Há! — disse eu. — Vejo que está absorvida. Prende o leitor, não é?

Ela olhou com um rosto de nojo.

— É bobo — disse. — Totalmente bobo. Não me prende. Na verdade, me dá cólicas.

— Oh — falei. — Então é assim!

Caminhei através da sala.

— E que diabos você pensa que é?

— É bobo. Tive de rir. Passei por cima da maior parte. Não cheguei a ler nem três blocos.

Sacudi o punho diante do seu nariz.

[171]

— Gostaria que eu arrebentasse o seu rosto e fizesse do seu nariz uma polpa sangrenta?

— É pretensioso. Todas aquelas palavras pomposas!

Arranquei os blocos da sua mão.

— Sua católica ignorante! Sua censora de uma figa! Sua celibatária nojenta, revoltante, caipira!

Meus perdigotos borrifaram seu rosto e seus cabelos. Seu lenço se moveu através do pescoço e ela me empurrou para fora do seu caminho. Sorriu.

— Por que o seu herói não se matou na primeira página, em vez de na última? Teria melhorado muito a história.

Agarrei-a pela garganta.

— Tenha muito cuidado com o que diz, sua rameira católica. Eu a estou avisando, tenha muito, muito, muito cuidado.

Ela se desvencilhou, unhando meu braço.

— É o pior livro que já li.

Agarrei-a de novo. Ela pulou da cadeira e lutou como uma selvagem, unhando meu rosto. Recuei, gritando a cada passo:

— Sua carola, santarrona nojenta, desgraçada de uma freira, uma freira infestada de putaria que dá engulhos, uma vil babuína bobona, uma fraude da herança católica!

Havia um vaso na mesa. Ela o espiou, caminhou até a mesa e o pegou. Brincou com ele nas mãos, acariciando-o, sorrindo, sentindo o seu peso e sorrindo para mim ameaçadoramente. Então o ergueu à altura do ombro, pronta para bater com o vaso na minha cabeça.

— Há! — disse eu. — Isso mesmo! Pode jogar!

Escancarei a minha camisa, botões voando por toda a parte, e projetei para a frente meu peito nu. Pulei e fiquei de joelhos diante dela, meu peito saliente. Bati no peito, martelei-o com os dois punhos até que ficou vermelho e ardente.

— Jogue! — gritei. — Deixe-me receber o golpe! Renove a Inquisição. Mate-me! Vamos, cometa fratricídio. Deixe este chão se cobrir de vermelho do sangue rico e puro de um gênio que ousou!

— Seu tolo. Não sabe escrever. Não sabe escrever mesmo.

— Sua puta! Sua puta religiosa saída do ventre da rameira romana.

Ela sorriu amargamente.

— Chame-me do que quiser. Mas fique com as mãos longe de mim.

— Largue esse vaso.

Ela pensou por um momento, encolheu os ombros e depôs o vaso. Ergui-me dos joelhos. Ignoramos um ao outro. Era como se nada tivesse acontecido. Ela se abaixou sobre o tapete, catando os botões da minha camisa. Fiquei um tempo sentado, sem fazer nada, a não ser sentar e pensar no que ela havia dito sobre o livro. Ela foi para o quarto. Podia ouvir os sussurros de um pente passando por seus cabelos.

— O que havia de errado com a história? — perguntei.

— É tola. Não gosto dela.

— Por que não?

— Porque é tola.

— Que diabo! Critique! Não diga que era tola! Critique! O que há de errado com ela? Por que é tola?

Ela veio à porta.

Empurrei-a contra a parede. Eu estava furioso. Prendi seus braços contra o corpo, a prendi firmemente com minhas pernas e a fuzilei com meu olhar. Ela ficou muda de raiva. Os dentes matraqueavam em vão, o rosto embranqueceu e se encheu de bolhas. Mas agora que eu a prendia, tinha medo de soltá-la. Não havia esquecido a faca de açougueiro.

[173]

— É o livro mais maluco que já li! — gritou ela. — O livro mais horrível, sem graça, maluco, engraçado no mundo! Era tão ruim que não consegui nem ler.

Decidi ficar indiferente. Soltei-a e estalei os dedos diante do seu nariz.

— Problema seu! Sua opinião não me incomoda nem um pouco.

Caminhei até o meio da sala. Fiquei parado ali e falei, dirigindo-me às paredes:

— Não são capazes de nos tocar. Não, não são. Fizemos a Igreja em pó. Dante, Copérnico, Galileu e agora eu, Arturo Bandini, filho de um humilde carpinteiro. Vamos sempre em frente. Estamos acima de todos eles. Chegamos até a transcender o seu ridículo céu.

Esfregava seus braços machucados. Caminhei até ela e ergui minha mão ao teto.

— Podem nos levar ao patíbulo, e nos queimar, que nós continuamos, nós os que dizem sim; os párias; os eternos; os que dizem sim ao final dos tempos.

Antes que eu pudesse me esquivar, ela pegou o vaso e o jogou. Sua mira foi perfeita àquela distância tão pequena. O vaso me atingiu assim que eu virava a cabeça. Atingiu-me atrás da orelha e se quebrou em pedaços. Por um momento achei que meu crânio havia se fraturado. Mas era um vaso pequeno e fino. Procurei em vão por sangue. Havia se estraçalhado sem sequer me arranhar. Os pedacinhos se espalharam tilintando pela sala. Nenhum traço de sangue, quase nenhum cabelo fora do lugar na minha cabeça.

Um milagre!

Calmo e ileso, eu me virei. Com o dedo erguido para o céu como um dos apóstolos, falei:

[174]

— Até Deus Todo-poderoso está do nosso lado. Pois eu digo amém para vós, ainda que quebreis vasos em nossas cabeças, eles não nos ferem, nem são capazes de romper nossas cabeças.

Ela ficou contente que eu não me machucara. Rindo, foi até o quarto. Deitou-se na cama e eu a ouvi rindo sem parar. Fiquei parado na porta e a observei envolvendo-se num travesseiro com deleite.

— Ria — falei. — Vá em frente. Pois amém eu vos digo, quem ri por último ri melhor, e no entanto devo dizer-vos sim, sim, de novo e de novo, assim falou Zaratustra.

Vinte e três

Minha mãe voltou para casa com os braços cheios de pacotes. Pulei do divã e a segui até a cozinha. Ela depôs os pacotes e me encarou. Estava sem fôlego, o rosto vermelho do sangue que pulsava, pois as escadas eram demais para ela.

— Leu a história?

— Sim — falou ofegante. — Claro que li.

Segurei-a pelos ombros, apertando-os com força.

— Foi uma grande história, não foi? Responda rápido!

Apertou as mãos, oscilou e fechou os olhos.

— Claro que foi!

Eu não acreditava nela.

— Não minta para mim, por favor. Sabe perfeitamente bem que odeio todo tipo de fingimento. Não aceito fraudes. Sempre quero a verdade.

Mona se levantou então, aproximou-se e ficou parada do lado de dentro da porta. Apoiou-se à porta com as mãos atrás de si e deu o seu sorriso da Mona Lisa.

— Diga isso a Mona — falei.

— Eu li, não li, Mona?

A expressão de Mona não se modificou.

— Está vendo! — disse minha mãe em triunfo. — Mona *sabe* que eu li, não sabe, Mona?

Virou-se para Mona de novo.

— Eu disse que tinha gostado, não disse, Mona?

O rosto de Mona era exatamente o mesmo.

— Está vendo! Mona sabe que eu gostei, não sabe, Mona?

Comecei a bater no peito.

— Meu bom Deus! — gritei. — Fale comigo! Comigo! Comigo! Comigo! Não com a Mona! Comigo! Comigo! Comigo!

Minha mãe levantou as mãos em desespero. Estava sob algum tipo de tensão. Não estava de modo algum segura de si mesma.

— Mas eu acabei de lhe *dizer* que achei maravilhosa!

— Não minta para mim. Nenhuma chicana é permitida.

Suspirou e resolutamente disse de novo.

— É maravilhosa. Pela terceira vez eu lhe digo que é maravilhosa. Maravilhosa.

— Pare de mentir.

Seus olhos rolaram de um lado para o outro. Queria gritar, chorar. Comprimiu as têmporas e tentou pensar em outra maneira de dizer.

— Então o que *quer* que eu diga?

— Quero a verdade, por favor. Somente a verdade.

— Está bem, então. A verdade é que a história é maravilhosa.

— Pare de mentir. O mínimo que posso esperar da mulher que me deu a vida é algo próximo da verdade.

Apertou minha mão e colou o rosto no meu.

— Arturo — implorou. — Eu juro que gostei. Eu juro.

Ela falava sério.

Aqui havia algo finalmente. Aqui estava uma mulher que me entendia. Aqui, diante de mim, esta mulher, minha mãe. Ela me entendia. Sangue do meu sangue, carne da minha carne, ela era capaz de apreciar a minha prosa. Podia postar-se diante do mundo e pronunciá-la maravilhosa. Aqui estava uma mulher para todas as eras e uma mulher que era uma esteta, apesar de suas qualidades domésticas, uma crítica por intuição. Algo dentro de mim amoleceu.

— Mãezinha — sussurrei. — Querida mãezinha. Querida e doce mãezinha. Eu a amo tanto. Sua vida é tão difícil, minha mãe querida e adorada.

Beijei-a, sentindo a textura salgada do seu pescoço. Parecia tão cansada, tão desgastada pelo trabalho. Onde havia justiça neste mundo, para que essa mulher sofresse sem se queixar? Deus estava no céu e julgava e a tinha sob Sua guarda? Deveria existir! Deve existir!

— Querida mãezinha. Vou dedicar meu livro à senhora. À senhora, minha mãe. Para a minha mãe, em agradecida apreciação. Para a minha mãe, sem a qual essa grande obra teria sido impossível. Para minha mãe, com a agradecida apreciação de um filho que não a esquecerá.

Com um grito, Mona se virou e voltou para dentro do quarto.

— Ria! — gritei. — Ria! Sua mula!

— Mãezinha querida — disse eu. — Mãezinha querida.

— Ria! — disse eu. — Sua grande retardada! Ria!

— Mãezinha querida. Para você, minha mãe, um beijo!

E eu a beijei.

— O herói me fez pensar em você — ela sorriu.

— Mãezinha querida.

Ela tossiu, hesitou. Alguma coisa a perturbava. Estava tentando dizer algo.

— A única coisa é: o seu herói precisa fazer amor com aquela negra? Aquela mulher na África do Sul?

Ri e a abracei. Isso era realmente divertido. Eu a beijei e afaguei sua bochecha. Hô, hô, parecia uma criancinha, um bebê bem pequenininho.

— Mãezinha querida. Vejo que o texto causou um efeito profundo na senhora. Mexeu até o âmago de sua alma pura, minha mãezinha querida. Hô, hô.

— Não gostei daquele negócio com a garota chinesa também.

— Mãezinha querida. Minha mãezinha bebezinha.

— E não gostei daquele negócio com a mulher esquimó. Achei horrível. Me deixou enojada.

Sacudi o dedo para ela.

— Ora, ora. Vamos eliminar o puritanismo aqui. Não vamos ser pudicos. Vamos tentar ser lógicos e filosóficos.

Ela mordeu o lábio e franziu a testa. Havia algo mais atormentando a sua cabeça. Pensou um momento e então simplesmente me fitou nos olhos. Eu detectava o problema: ela receava mencionar a coisa, o que quer que fosse.

— Bem — disse eu. — Fale. Desabafe. O que mais?

— A parte em que ele dorme com as coristas. Também não gostei disso. Vinte coristas! Achei terrível. Não gostei nem um pouco.

— Por que não?

— Não acho que ele devesse dormir com tantas mulheres.

— Oh, não acha, hein? Por quê?

— Simplesmente não gosto e ponto final.

— Por que não? Não fique de rodeios. Diga a sua opinião, se tem alguma. Caso contrário, fique calada. Vocês, mulheres!

— Ele devia encontrar uma jovem católica boa e decente e se casar com ela.

Então era isso! Finalmente a verdade saíra. Eu a agarrei pelos ombros e girei até que meu rosto estava junto do dela, meus olhos defronte aos dela.

[179]

— Olhe para mim — falei. — A senhora professa que é minha mãe. Pois bem, olhe para mim! Eu pareço uma pessoa que venderia a sua alma em troca de mera riqueza? Acha que ligo a mínima para a opinião pública? Responda-me!

Ela recuou.

Bati no meu peito.

— Responda-me! Não fique parada aí como uma mulher, como uma idiota, uma cadela de guarda católica e castradora. Exijo uma resposta!

Agora ela se tornou desafiadora:

— O herói era desprezível. Cometia adultério em quase cada página. Mulheres, mulheres, mulheres! Ele era impuro desde o começo. Revirou o meu estômago.

— Há! — eu disse. — Finalmente tudo vem à tona! Finalmente a terrível verdade emerge! O papismo retorna! A mentalidade católica de novo! O papa de Roma empunha a sua bandeira obscena.

Entrei na sala de estar e me dirigi à porta.

— Aí vocês têm tudo. O enigma do universo. A transposição de valores já transposta. O romanismo. O caipirismo. O papismo. A rameira romana em todo o seu horror espalhafatoso! O vaticismo. Sim, veramente eu vos digo que a não ser que vos tornais aquiescentes, dizendo sim a tudo, vos tornareis um dos desgraçados! Assim falou Zaratustra.

Vinte e quatro

Depois do jantar, levei o manuscrito para a cozinha. Espalhei os blocos de papel sobre a mesa e acendi um cigarro.

— Agora vamos ver até que ponto é bobo.

Quando comecei a ler, ouvi Mona cantando.

— Silêncio!

Instalei-me e li as primeiras 10 linhas. Quando terminei esta porção, larguei o livro como uma cobra morta e levantei-me da mesa. Caminhei até a cozinha. Impossível! Não podia ser verdade!

— Tem algo errado aqui. Está quente demais aqui. Não me serve. Preciso de espaço, de muito ar fresco.

Abri a janela e olhei para fora por um momento. Atrás de mim estava o livro. Muito bem — volte lá e leia, Bandini. Não fique parado na janela. O livro não está aqui; está lá, atrás de você, sobre a mesa. Volte lá e leia.

Fechando bem a boca, sentei-me e li outras cinco linhas. O sangue afluiu-me ao rosto. Meu coração batia ferozmente.

[181]

— Isso é estranho; muito estranho mesmo.

Da sala de estar vinha a voz de Mona. Ela cantava. Um hino. Senhor, um hino numa hora dessas. Abri a porta e enfiei a cabeça.

— Pare com essa cantoria ou vou lhe mostrar algo realmente bobo.

— Canto se tiver vontade.

— Nada de hinos. Proíbo hinos.

— Vou cantar hinos também.

— Cante um hino e morra. A escolha é sua.

— Quem morreu? — perguntou minha mãe.

— Ninguém — disse eu. — Ninguém, ainda.

Voltei ao livro. Outras 10 linhas. Pulei da cadeira e roí as unhas. Rompi a cutícula do meu polegar. Houve um relâmpago de dor. Fechando os olhos, prendi a cutícula solta entre os dentes e a arranquei. Um minúsculo ponto de sangue vermelho apareceu debaixo da unha.

— Sangre! Sangre até morrer!

Minhas roupas se colavam em mim. Eu odiava aquela cozinha. Na janela, observei a torrente de tráfego pelo Avalon Boulevard. Nunca tinha ouvido tamanho barulho. Nunca sentira tanta dor como a do meu polegar. Dor e barulho. Todas as buzinas do mundo estavam à solta naquela rua. O clamor me deixava louco. Não podia morar num lugar como este e escrever. Do andar de baixo vinha o zzzzzzzz de uma torneira de banheira. Quem estaria tomando um banho a essa hora? Quem seria o bandido? Talvez o encanamento estivesse estragado. Corri pelo apartamento até o nosso banheiro e apertei a descarga. Funcionou corretamente — mas foi tão barulhenta, tão barulhenta que me perguntei por que nunca a notara antes.

— Qual é o problema? — disse minha mãe.

— Tem muito barulho por aqui. Não posso criar nessa confusão. Eu lhe digo que estou ficando cansado deste asilo de loucos.

— Acho que está muito quieto esta noite.

— Não me contradiga, você, mulher.

Voltei à cozinha. Este era um lugar impossível para se escrever. Não admira. Não admira o quê? Bem, não admira que fosse um lugar impossível para escrever. Não admira? Do que está falando? Não admira o *quê*? Esta cozinha era um detrimento. Esta vizinhança era um detrimento. Esta cidade era um detrimento. Suguei o ferimento do polegar que latejava. A dor me rasgava em pedaços. Ouvi minha mãe falar com Mona:

— O que foi que deu nele agora?

— Ele é tolo — disse Mona.

Investi para dentro do quarto.

— Eu a ouvi! — gritei. — E estou avisando para calar a boca! Vou lhe mostrar quem é bobo aqui.

— Eu não disse que *você* era bobo — falou Mona. — Disse que a sua história era boba. Não você. — Ela sorriu. — Eu disse que *você* era tolo. Foi o seu livro que eu chamei de bobo.

— Tome cuidado! Por Deus, que é meu juiz, estou avisando.

— O que é que há com vocês dois? — disse minha mãe.

— Ela sabe — disse eu. — Pergunte a ela.

Poupando-me a provação, cerrei os dentes e voltei ao livro. Segurei a página diante de mim e mantive os olhos fechados. Estava com medo de ler as linhas. Nenhum texto podia ser escrito neste asilo. Nenhuma arte podia surgir deste caos de estupidez. Uma bela prosa exigia ambiente quieto e tranquilo. Talvez até música suave. Não admira! Não admira!

Abri os olhos e tentei ler o texto. Não adiantou. Eu não conseguia ler. Tentei ler em voz alta. Não deu. Este livro não prestava. Era um tanto verborrágico; havia palavras em excesso nele.

[183]

Era um tanto enfadonho. Era um livro muito bom. Era equivocado. Era muito ruim. Era pior do que isso. Era um livro horrível. Era um livro fedorento. Era o livro mais terrível que eu já lera. Era ridículo; era engraçado; era bobo; oh, é bobo, bobo, bobo, bobo, bobo. Devia se envergonhar, seu boboca velho, de escrever uma coisa boba como essa. Mona tem razão. É bobo.

A culpa é das mulheres. Elas envenenaram minha mente. Posso sentir se aproximando — a loucura final. O escrito de um maníaco. Insanidade. Há! Olhem só para ele! Um dos lunáticos! Doido de pedra, de manicômio. Ficou assim por causa de um excesso de mulheres secretas, Senhor. Sinto uma pena terrível dele. Um caso patético, Senhor. Já foi um bom menino católico. Frequentava a igreja e todo esse tipo de coisa. Era muito devoto, Senhor. Um menino-modelo. Educado pelas freiras, já foi um excelente rapaz. Agora, um caso patético, Senhor. Muito tocante. Subitamente ele mudou. Sim. Alguma coisa aconteceu com o sujeito. Começou a desandar depois que o seu velho morreu e veja só o que aconteceu.

Ficou cheio de ideias. Juntou todas aquelas mulheres de mentira. Sempre houve um parafuso solto na cabeça do camarada, mas foram precisas aquelas mulheres de mentira para detonar a crise. Eu costumava ver o garoto por aqui, caminhando pelas ruas sozinho. Morava com a mãe e a irmã naquela casa de estuque em frente à escola. Costumava ir muito ao Jim's Place. Pergunte ao Jim sobre ele. Jim o conhecia bem. Ele trabalhava na fábrica de peixe enlatado. Teve uma porção de empregos por aqui. Mas não durou muito em nenhum deles — era muito errático. Um parafuso solto, era maluco. Maluco, eu lhes digo, maluco de pedra. Sim — muitas mulheres, do tipo errado. Deviam ter ouvido sua conversa-fiada. Conversa de doido. O maior mentiroso do condado de Los Angeles. Tinha alucinações. Ilusões de grandeza. Uma ameaça à sociedade. Seguia as mulheres nas ruas. Irritava-se com moscas e as comia. As mulheres foram culpadas disso. Matou uma porção de caranguejos também. Passou uma tarde inteira matando-os. Pura e simplesmente doido. O sujeito mais doido do condado de Los Angeles. Ainda bem que o trancafiaram. Está me dizendo que o encontraram nas docas em estado de estupor? Pois bem — é ele mesmo. Provavelmente procurando mais caranguejos para matar. Perigoso, posso lhes garantir. O lugar dele é atrás das grades. Deviam examinar o seu caso com muito cuidado. Mantê-lo trancado para o resto da vida. A gente se sentiria mais segura com o lunático no asilo a que pertence. Embora seja um caso triste. Sinto muita pena de sua mãe e de sua irmã. Rezam por ele toda noite. Podem imaginar isso? Sim! Talvez sejam loucas também.

Joguei-me através da mesa e comecei a chorar. Queria rezar de novo. Nada mais eu queria neste mundo, a não ser fazer uma oração.

Há! O maluco quer rezar!

Um maluco que reza! Talvez seja a sua formação religiosa. Talvez fosse muito devoto quando criança. Coisa engraçada em relação ao sujeito. Muito engraçada. Mordi as juntas dos meus dedos. Unhei a mesa. Meus dentes encontraram a cutícula do polegar que doía. Roí. Os blocos de papel estavam espalhados ao meu redor sobre a mesa. Que escritor! Um livro sobre as fábricas de enlatados de peixe da Califórnia! Um livro sobre o vômito da Califórnia!

Risadas.

No quarto ao lado, eu ouvi minha mãe e Mona. Falavam sobre dinheiro. Minha mãe se queixava amargamente. Dizia que nunca conseguiríamos sobreviver com o meu salário na

[185]

fábrica de enlatados. Dizia que iríamos todos morar na casa do tio Frank. Ele cuidaria bem de nós. Eu sabia qual era a origem daquele tipo de conversa. Palavras do tio Frank. Ele andara falando com minha mãe de novo. Eu sabia. E sabia que ela não estava repetindo tudo o que ele tinha realmente dito: que eu era imprestável e que não podiam depender de mim, que ela devia sempre esperar o pior de mim. E minha mãe era só quem falava e Mona não respondia. Por que Mona não lhe respondia? Por que Mona tinha de ser tão rude? Tão grosseira?

Pulei da cadeira e entrei no quarto.

— Responda à sua mãe quando ela se dirigir a você!

No instante em que Mona me viu, ficou aterrorizada. Foi a primeira vez na vida em que vi aquele ar de pavor nos seus olhos. Parti para a ação. Era o que eu sempre quisera. Parti para cima dela.

Ela disse: — Tenha cuidado.

Prendia a respiração, agarrando-se à cadeira.

— Arturo! — falou minha mãe.

Mona entrou no quarto e bateu a porta. Colocou o seu peso contra a porta do outro lado. Gritou à minha mãe para que me mantivesse afastado. Com uma investida, eu abri a porta. Mona recuou até a cama, tropeçou e caiu de costas sobre ela. Estava ofegante.

— Tenha cuidado!

— Sua freira!

— Arturo! — disse minha mãe.

— Sua freira! Então era boba, não era? A história a fez rir, não foi? Foi o pior livro que você já leu, não foi?

Ergui o punho e o soltei num soco. Acertou-a na boca. Ela segurou os lábios e caiu nos travesseiros. Minha mãe chegou gritando. O sangue escorria por entre os dedos de Mona.

[186]

— Então você riu do livro, não foi? Você zombou! Do trabalho de um gênio. Você! De Arturo Bandini! Agora Bandini contra-ataca. Ele ataca em nome da liberdade!

Minha mãe a cobriu com seus braços e o seu corpo. Tentei afastar minha mãe para longe. Ela me unhou como um gato.

— Saia! — disse.

Agarrei minha jaqueta e parti. Minha mãe ficou lá se lamuriando. Mona gemia. A sensação era de que nunca mais as veria de novo. E estava feliz.

Vinte e cinco

Na rua, eu não sabia para onde ir. A cidade tinha duas direções importantes: leste e oeste. A leste estava Los Angeles. A oeste, ao longo de 800 metros, estava o mar. Caminhei na direção do mar. Fazia um frio cortante naquela noite de verão. O nevoeiro começara a chegar. Um vento o empurrava de um lado para o outro, grandes estrias brancas rastejantes. No canal eu ouvia sirenes mugindo como centenas de novilhos. Acendi um cigarro. Havia sangue nas minhas juntas — sangue de Mona. Limpei-o nas pernas das minhas calças. Não saiu. Ergui o punho e deixei que o nevoeiro o molhasse com um beijo frio. Esfreguei de novo na calça. Mas o sangue não saía dos meus dedos. Então esfreguei as juntas na areia da beira da calçada até que o sangue desapareceu, mas raspei a pele das minhas juntas ao fazê-lo e agora meu sangue escorria.

— É bom. Sangre você. Sangre!

Atravessei o pátio da escola e desci o Avalon Boulevard, caminhando rápido. Aonde está indo, Arturo? O cigarro era

[188]

detestável, como um punhado de cabelos. Cuspi-o a minha frente e esmaguei-o cuidadosamente com o salto do sapato. Por cima do ombro, olhei para ele. Fiquei espantado. Ainda queimava, uma leve fumaça subindo numa espiral em meio ao nevoeiro. Caminhei um quarteirão, pensando sobre aquele cigarro. Ainda vivia. Afligia-me que ainda queimasse. Por que deveria estar queimando ainda? Por que não se apagara? Um mau agouro, talvez. Por que eu deveria negar àquele cigarro ingresso no mundo dos espíritos dos cigarros? Por que deixá-lo queimar e sofrer tão miseravelmente? Havia eu chegado a isso? Era um monstro tão terrível a ponto de negar àquele cigarro sua devida expiração?

Voltei correndo.

Lá estava ele.

Esmaguei-o numa massa marrom.

— Adeus, querido cigarro. Nos encontraremos de novo no paraíso.

Segui em frente então. O nevoeiro me lambia com suas muitas línguas frias. Abotoei até em cima minha jaqueta de couro, menos o último botão.

Por que não fechar o último botão também?

Aquilo me aborrecia. Deveria abotoá-lo ou deveria deixá-lo desabotoado, motivo de risos de todo o mundo dos botões, um botão inútil?

Vou deixá-lo desabotoado.

Não, vou abotoá-lo.

Sim, vou abotoá-lo.

Não fiz nem uma coisa nem outra. Em vez disso, tomei uma decisão magistral. Arranquei o botão do colarinho e joguei-o na rua.

— Desculpe-me, botão. Temos sido amigos há muito tempo. Muitas vezes eu o toquei com meus dedos e você me manteve aquecido nas noites frias. Perdoe-me pelo que fiz. Nós também nos encontraremos no paraíso.

No banco, parei e vi as marcas de fósforo riscado na parede, seu campo de punição por não terem alma. Apenas um risco de fósforo aqui possuía uma alma — apenas um, o risco feito pela mulher do casaco púrpura. Deveria parar e visitá-lo? Ou deveria prosseguir?

Vou parar.

Não, vou continuar.

Sim, eu vou.

Não, não vou.

Sim e não.

Sim e não.

Parei.

Encontrei o risco de fósforo que ela fizera, a mulher do casaco púrpura. Como era bonito! Quanta arte naquele risco! Quanta expressão! Acendi um fósforo na parede, que deixou um risco longo e pesado. Então forcei a ponta de enxofre ardente sobre o risco que ela havia feito. Ele ficou grudado na parede, projetando-se.

— Eu o estou seduzindo. Eu o amo e publicamente estou lhe dando o meu amor. Como você é afortunado!

Ficou pendurado ali, sobre a marca artística que ela fizera. E então caiu, o enxofre ardente resfriando. Segui em frente, com possantes passadas militares, um conquistador que havia cativado a rara alma de um risco de fósforo.

Mas por que o fósforo resfriara e caíra? Aquilo me incomodou. Fiquei tomado de pânico. Por que isso acontecera? O que eu fizera para merecer isso? Eu era Bandini, o poderoso escritor. Por que o fósforo me decepcionara?

Voltei apressadamente com raiva. Encontrei o fósforo onde havia caído na calçada, ali no chão frio e morto para o mundo. Apanhei-o.

— Por que caiu? Por que me abandonou na minha hora de triunfo? Eu sou Arturo Bandini, o poderoso escritor. O que foi que fez comigo?

Nenhuma resposta.

— Fale! Exijo uma explicação!

Nenhuma resposta.

— Muito bem. Não tenho outra escolha. Devo destruí-lo.

Quebrei-o em dois e o joguei na sarjeta. Ele caiu perto de outro fósforo, que não estava quebrado, um fósforo muito bonito com um traço de enxofre azul ao redor do seu pescoço, um fósforo muito mundano e sofisticado. E lá estava o meu fósforo, humilhado, com uma espinha quebrada.

— Você me embaraça. Você vai realmente sofrer. Vou deixá-lo aos risos do reino dos fósforos. Todos os fósforos o verão e farão comentários desairosos. Assim vai ser. Bandini fala. Bandini, o poderoso mestre da pena.

Mas, meio quarteirão depois, parecia terrivelmente injusto. Aquele pobre fósforo! O sujeito patético! Aquilo tudo era tão desnecessário. Ele dera o melhor de si. Eu sabia como se sentia mal. Voltei e o apanhei. Coloquei-o na minha boca e mastiguei-o até transformá-lo numa pasta.

Agora todos os outros fósforos o achariam irreconhecível. Cuspi-o na minha mão. Lá estava ele, quebrado e esmigalhado, já em estado de decomposição. Ótimo! Maravilhoso! Um milagre de declínio. Bandini, eu o congratulo! Você operou um milagre aqui. Você acelerou as leis eternas e apressou o retorno à fonte. Bom para você, Bandini! Maravilhoso trabalho. Potente. Um verdadeiro deus, um poderoso super-homem, um mestre da vida e das letras.

Passei pelo Salão de Bilhares Acme, aproximando-me da loja de artigos de segunda mão. Esta noite a loja estava aberta.

[191]

A vitrine era a mesma daquela noite três semanas atrás, quando ela havia espiado para dentro da loja, a mulher do casaco púrpura. E lá estava o cartaz: *Pagamos os melhores preços por ouro velho.*

Tudo isso daquela noite tão remota, quando derrotei Gooch nos 800 metros e venci tão gloriosamente em nome da América. E onde estava Gooch agora, Sylvester Gooch, aquele poderoso holandês? Querido velho Gooch! Não tão cedo ele esqueceria Bandini. Que histórias teria a contar para seus netos! Quando nos encontrássemos de novo em alguma outra terra, conversaríamos sobre os velhos tempos, Gooch e eu. Mas onde estava ele agora, aquele relâmpago holandês? Sem dúvida, de volta à Holanda, lidando com moinhos e tulipas e tamancos de madeira, aquele homem poderoso, quase o igual de Bandini, à espera da morte entre doces memórias, à espera de Bandini.

Mas onde estava ela — minha mulher daquela noite iluminada? Ah, nevoeiro, me conduza a ela. Tenho muito a esquecer. Faça-me igual a você, água flutuante, nebulosa como a alma, e leve-me até os braços da mulher do rosto branco. *Pagamos os melhores preços por ouro velho.* Essas palavras haviam entrado fundo em seus olhos, fundo em seus nervos, fundo em seu cérebro, bem além da escuridão do seu cérebro por trás do rosto branco. Fizeram um talho lá, um risco de fósforo de memória, um lampejo que ela carregaria para o túmulo, uma impressão. Maravilhoso, maravilhoso, Bandini, como você enxerga profundamente! Como é misteriosa a sua proximidade do divino. Tais palavras, adoráveis palavras, beleza de linguagem, gravadas fundo no templo da mente dela.

E eu a vejo agora, você, mulher daquela noite — eu a vejo na santidade de algum quarto num hotel pulgueiro de beira de cais, com o nevoeiro lá fora, e você deitada com as pernas frouxas e frias dos beijos letais da cerração, os cabelos cheirando a sangue, doces como sangue, sua meia corrida e rasgada pendendo de uma cadeira bamba sob a luz amarela fria de uma lâmpada solitária manchada, o odor da poeira e do couro úmido ao redor, seus sapatos em frangalhos tombados tristemente ao lado da cama, seu rosto enrugado pela cansativa miséria da defloração na Woolworth e da pobreza exaustiva, seus lábios de meretriz e, no entanto, lábios azuis suaves me convidando a vir, vir, vir àquele quarto miserável e me banquetear com a lascívia decadente de suas formas, para que eu pudesse dar-lhe uma beleza distorcida à miséria e uma beleza distorcida à vulgaridade, minha beleza pela sua, a luz se tornando escuridão enquanto gritamos, nosso miserável amor e despedida do bruxulear tortuoso de uma aurora cinzenta que se recusava a começar de verdade e nunca realmente teria um fim.

Pagamos os melhores preços por ouro velho.

Uma ideia! A solução para todos os meus problemas. A escapatória de Arturo Bandini.

Entrei.

— Até que horas a loja fica aberta?

O judeu não levantou o olhar das suas contas atrás do aramado.

— Mais uma hora.

— Vou voltar.

Quando cheguei em casa, elas tinham saído. Havia uma nota não assinada na mesa. Minha mãe a havia escrito.

"Fomos passar a noite na casa do tio Frank. Venha diretamente para cá."

A coberta da cama tinha sido removida, bem como uma fronha. Jaziam numa pilha no chão, salpicadas de sangue. Na cômoda havia ataduras e uma garrafa azul de desinfetante. Uma bacia de água vermelha estava sobre a cadeira. Ao lado dela, estava o anel de minha mãe. Coloquei-o no bolso.

Debaixo da cama, puxei o baú. Continha muitas coisas, lembranças de nossa infância que minha mãe havia cuidadosamente guardado. Um por um, eu os fui tirando. Uma despedida sentimental, um olhar às coisas passadas antes do voo de Bandini. O cacho de cabelos louros no minúsculo livro de orações: eram os meus cabelos quando criança; o livro de orações era um presente do dia da minha primeira comunhão.

Recortes do jornal de San Pedro quando me formei na escola primária; outros recortes de quando deixei a escola secundária. Recortes sobre Mona. Um retrato de jornal de Mona em seu vestido de primeira comunhão. Sua foto e a minha no dia da Crisma. Nossa foto no Domingo de Páscoa. Nossa foto quando ambos cantávamos no coral. Nossa foto juntos na Festa da Imaculada Conceição. Uma folha de palavras de um concurso de ortografia quando eu cursava o primário: 100% sobre o meu nome.

Recortes de peças escolares. Todos os meus boletins escolares desde o início. Todos os boletins de Mona. Eu não era inteligente, mas sempre passava. Aqui estava um: aritmética, 70; história, 80; geografia, 70; ditado, 80; religião, 99; inglês, 97. Nunca havia nenhum problema com religião ou inglês para Arturo Bandini. E aqui estava um boletim de Mona: aritmética, 96; história, 95; geografia, 97; ditado, 94; religião, 90; inglês, 90.

Ela podia me bater em todas as outras coisas, mas nunca em inglês ou religião. Hô! Muito engraçado isso. Uma boa anedota para os biógrafos de Arturo Bandini. O pior inimigo de Deus tirando notas mais altas em religião do que a melhor amiga de Deus e ambos da mesma família. Uma grande ironia. Que biografia seria aquela! Ah, Deus, poder estar vivo para lê-la!

No fundo do baú, encontrei o que queria. Eram joias da família embrulhadas num xale xadrez escocês. Dois anéis de ouro sólido, um relógio e corrente de ouro sólido, um par de abotoaduras de ouro, um par de brincos de ouro, um broche de

[194]

ouro, alguns alfinetes de cabelos de ouro, um camafeu de ouro, uma corrente de ouro e algumas miudezas de ouro — joias que meu pai comprara ao longo da vida.

— Quanto? — perguntei.

O judeu fez uma cara azeda.

— Tudo porcaria. Não posso revender.

— Mas quanto, afinal? E a tabuleta: *Pagamos os melhores preços por ouro velho*?

— Talvez 100 dólares, mas não posso usar o material. Não tem muito ouro nele. É quase tudo banhado.

— Dê-me 200 e pode ficar com tudo.

Deu um sorriso amargo, os olhos negros apertados entre pálpebras de sapo.

— Nunca. Nem em um milhão de anos.

— Faça então por 175.

Empurrou as joias para mim.

— Pode levá-las. Nem um centavo além de 50 dólares.

— Faça por 175.

Acertamos em 110. Uma a uma, ele me passou as notas. Era mais dinheiro do que já tivera em minha vida. Achei que ia ter um colapso só de vê-lo. Mas não deixei que ele soubesse.

— É um ato de pirataria — falei. — Está me roubando.

— Você quer dizer caridade. Estou praticamente lhe dando 50 dólares.

— Monstruoso — disse eu. — Ultrajante.

Cinco minutos depois, eu subia a rua que levava ao Jim's Place. Ele polia copos atrás do balcão. Seu cumprimento era sempre o mesmo:

— Olá. Como vai o trabalho na fábrica de enlatados?

Sentei-me, saquei o rolo de notas e contei-as de novo.

— Tem um rolo e tanto aí. — Ele sorriu.

— Quanto lhe devo?

— Ora, nada.

— Tem certeza?

— Você não me deve nem um centavo.

— Estou deixando a cidade — falei. — De volta ao QG. Achei que lhe devia alguns dólares. Estou pagando todas as minhas dívidas.

Ele sorriu para o dinheiro.

— Gostaria que me devesse metade desse dinheiro.

— Não é todo meu. Parte dele pertence ao partido. Dinheiro de despesas de viagem.

— Oh. Está dando uma festa de despedida, hein?

— Não aquele tipo de festa. Quero dizer, o Partido Comunista.

— Quer dizer os russos?

— Chame como quiser. Foi o comissário Demetriev quem mandou. Dinheiro para as despesas.

Seus olhos se arregalaram ainda mais. Assobiou e depôs a toalha no balcão.

— Você é um comunista?

Pronunciou com o acento errado, de modo que rimava com Túnis.

Levantei-me, fui até a porta e espiei cuidadosamente para cima e para baixo da rua. Ao voltar, apontei com a cabeça para os fundos da loja.

Sussurrei: — Tem alguém aí nos fundos?

Ele sacudiu a cabeça. Sentei-me. Nos entreolhamos em silêncio. Umedeci os lábios. Ele olhou para a rua e de novo para mim. Seus olhos estavam saltando das órbitas. Clareei a garganta.

— É capaz de manter a boca fechada? Você parece um homem em quem posso confiar. É capaz?

Engoliu em seco e se inclinou para a frente.

— Guarde segredo — falei. — Sim, eu sou comunista.

— Russo?

— Em princípio, sim. Dê-me um chocolate maltado.

Era como um estilete cravado entre suas costelas. Tinha medo de desviar os olhos. Mesmo quando se virou para colocar a bebida no liquidificador, olhou por cima do ombro. Dei um riso abafado e acendi um cigarro.

— Somos bastante inofensivos — eu ri. — Sim, bastante.

Ele não disse uma só palavra.

Bebi o malte lentamente, fazendo uma pausa de vez em quando para abafar um riso. Uma risada alegre e destemida flutuava na minha garganta.

— Mas é verdade! Somos muito humanos. Muito!

Observou-me como se eu fosse um assaltante de bancos.

Ri de novo, alegremente, aos trinados, descontraído.

— Demetriev vai saber disso. Em meu próximo relatório vou contar a ele. O velho Demetriev vai rugir na sua barba negra. Como ele vai rugir de tanto rir, aquele lobo negro russo! É verdade, somos bastante inofensivos... bastante. Eu lhe asseguro, bastante. É verdade, Jim. Não sabia? Realmente...

— Não, eu não sabia.

Eu dei uns trinados de novo.

— Mas certamente! Mas certamente você deveria saber!

Levantei-me e ri muito humanamente.

— Sim, o velho Demetriev vai saber disso. E como vai rolar de rir com sua barba negra, aquele lobo negro russo!

Parei diante do estande de revistas.

— E o que a burguesia está lendo esta noite?

Não disse nada. Sua hostilidade amarga se estendia como um arame retesado entre nós e ele polia copos com fúria, um após o outro.

— Você me deve a bebida — falou.

Dei-lhe uma nota de 10 dólares.

[197]

A caixa registradora tilintou. Tirou o troco da gaveta e o colocou com força sobre o balcão.

— Aqui está! Mais alguma coisa?

Peguei o troco, menos 25 centavos. Era minha gorjeta costumeira.

— Esqueceu uma moeda — disse ele.

— Oh, não! — eu sorri. — É para você, uma gorjeta.

— Não quero. Pegue o seu dinheiro.

Sem uma palavra, apenas sorrindo com confiança e reminiscência, embolsei a moeda.

— O velho Demetriev, como vai rolar, aquele lobo negro.

— Quer mais alguma coisa?

Peguei todos os cinco números de *Artists and Models* que havia no seu estande de revistas. No momento em que as toquei, eu soube por que viera ao Jim's Place com tanto dinheiro no bolso.

— Estas aqui, vou levar.

Ele se inclinou por sobre o balcão.

— Quantas tem aí?

— Cinco.

— Só posso lhe vender duas. As demais já foram prometidas para outra pessoa.

Eu sabia que ele estava mentindo.

— Então tenho de levar só duas, camarada.

Quando pisei na rua, seus olhos me penetravam nas costas. Atravessei o pátio da escola. As janelas do nosso apartamento estavam às escuras. Ah, as mulheres de novo. Aí vem Bandini com as suas mulheres. Deveriam passar comigo minha derradeira noite nesta cidade. Imediatamente senti o velho ódio.

Não. Bandini não sucumbirá. Nunca mais!

Fiz um rolo com as revistas e as joguei fora. Caíram na calçada, desfolhando no nevoeiro, as fotografias escuras se destacando como flores negras. Voltei a elas e parei. Não, Bandini! Um super-homem não enfraquece. O homem forte deixa a tentação chegar até o seu cotovelo para que possa resistir a ela. Então parti para apanhá-las de novo. Coragem, Bandini! Lute até a última trincheira! Com toda a minha força eu me afastei das revistas e caminhei diretamente para o apartamento. Na porta, virei-me para olhar. Eram invisíveis no nevoeiro.

Pernas tristes me elevaram pelas escadas que rangiam. Abri a porta e apertei o interruptor da luz. Estava sozinho. A solidão acariciava, inflamava. Não. Não nesta última noite. Esta noite eu parto como um conquistador.

Deitei-me. Levantei-me num salto. Deitei-me. Levantei-me num salto. Caminhei pela casa, procurando. Na cozinha, no quarto. No armário de roupas. Fui até a porta e sorri. Caminhei até a mesa, até a janela. No nevoeiro, as mulheres drapejavam ao vento. Na sala, eu procurei. Esta é nossa última batalha. Vocês estão ganhando. Continue lutando.

Mas agora eu caminhava para a porta. E descia as escadas. Você está perdendo; lute como um super-homem! O nevoeiro murmurante me engoliu. Não esta noite, Bandini. Não seja como o gado estúpido que se deixa levar. Seja um herói na adversidade!

E, no entanto, eu refazia o caminho de casa, empunhando as revistas. Lá vem ele rastejando — aquele fraco. De novo ele se rendeu.

Vejam-no se esgueirando através do nevoeiro com suas mulheres sem sangue. Ele sempre irá se esgueirar através da vida com as mulheres sem sangue de revistas e de livros. Quando isso terminar, irão encontrá-lo, ainda naquela terra dos sonhos brancos, tateando no nevoeiro de si mesmo.

Uma tragédia, senhor. Uma grande tragédia. Uma existência fluida sem osso, senhor. E o corpo, senhor. Nós o encontramos à beira do cais. Sim, senhor. Uma bala através do coração, senhor. Sim, um suicídio, senhor. E o que faremos com o corpo, senhor? Para a ciência — uma excelente ideia, senhor. O Instituto Rockefeller, nada menos. Ele teria desejado que assim fosse, senhor. Seu último desejo terreno. Um grande amante da ciência ele era, senhor — da ciência e das mulheres sem sangue.

Sentei-me no divã e folheei as páginas. Ah, as mulheres, as mulheres.

Subitamente estalei os dedos.

Ideia!

Joguei as revistas e corri pela sala à procura de um lápis. Um romance! Que ideia! Santo Deus, que ideia! A primeira fracassara, é claro. Mas não esta. *Isto* sim é que era ideia! Nesta nova ideia, Arthur Banning não seria fabulosamente rico; seria fabulosamente pobre! Não estaria explorando o mundo num iate caro, em busca da mulher dos seus sonhos. Não! Seria justamente o inverso. A mulher é que estaria à procura dele! Uau! Que ideia! A mulher representaria a felicidade; ela a simbolizaria, e Arthur Banning simbolizaria todos os homens. Que ideia!

Comecei a escrever. Mas, em poucos minutos, fiquei enojado. Troquei as roupas e enchi uma mala. Eu precisava de uma mudança de ambiente. Um grande escritor necessitava de variação. Quando acabei de fazer a mala, sentei-me e escrevi uma nota de despedida para minha mãe:

> *Cara mulher que me deu a vida:*
> *Os rudes vexames e perturbações desta noite se resolveram subsequentemente num estado que me precipita, Arturo Bandini, numa decisão rocambolesca e gargantuesca. Informo-lhe isso em termos nada ambíguos. Portanto, eu a deixo agora e a sua sempre encantadora filha (minha querida irmã Mona) e busco os fabulosos usufrutos da minha incipiente carreira em profunda solidão. Vale dizer, esta noite eu deixo a metrópole para o leste — nossa própria Los Angeles, a cidade dos anjos.*

Confio-a à benigna generosidade do seu irmão Frank Scarpi, que é, como se costuma dizer, um bom chefe de família (sic!). Estou sem um vintém, mas eu insto a senhora em termos nada ambíguos a cessar sua ansiedade cerebral em relação ao meu destino, pois veramente ele está na palma da mão dos deuses imortais. Fiz a lamentável descoberta ao longo de um período de anos que morar com a senhora e com Mona é deletério para o elevado e magnânimo propósito da arte, e eu repito à senhora em termos nada ambíguos que sou um artista, um criador, além de qualquer questão. E, per se, as fulvas fulminações de celebração e intelecto encontram pouca fruição na hegemonia debochada e distorcida que nós, pobres mortais, por falta de uma terminologia melhor e mais concisa, chamamos lar. Em termos nada ambíguos, eu lhe envio meu amor e minha bênção, e juro pela minha sinceridade quando declaro, em termos nada ambíguos, que eu não só a perdoo pelo que lastimavelmente transpirou esta noite, mas por todas as outras noites. Logo, eu assumo em termos nada ambíguos que eu lhe reciprocarei de maneira consanguínea. Posso dizer em conclusão que tenho muito a lhe agradecer, oh, mulher que soprou o sopro de vida em meu cérebro do destino. Sim, assim é, assim é.

Arturo Gabriel Bandini.

Mala na mão, caminhei até a estação ferroviária. Havia um atraso de 10 minutos do trem da meia-noite para Los Angeles. Sentei-me e comecei a pensar sobre o novo romance.

Sobre o autor

JOHN FANTE nasceu no Colorado, em 1909. Frequentou a escola paroquial em Boulder, e o Ginásio Regis, um internato jesuíta. Frequentou também a Universidade do Colorado e o Long Beach City College.

Fante começou a escrever em 1929 e lançou seu primeiro conto em *The American Mercury,* em 1932. Publicou inúmeros contos em *The Atlantic Monthly, The American Mercury, The Saturday Evening Post, Collier's, Esquire* e *Harper's Bazaar.* Seu primeiro romance, *Espere a primavera, Bandini,* foi publicado em 1938. No ano seguinte, saiu *Pergunte ao pó.* (Os dois romances foram republicados pela Black Sparrow Press.) Em 1940, uma coleção de seus contos, *Dago Red,* foi publicada e está agora reunida em *O vinho da juventude.*

Nesse meio-tempo, Fante ocupou-se amplamente em escrever roteiros de cinema. Alguns de seus créditos incluem *Full of Life* (*Um casal em apuros*), *Jeanne Eagels* (*Lágrimas de triunfo*), *My Man and I* (*Sem pudor*), *The Reluctant Saint* (*O santo relutante*), *Something for a Lonely Man, My Six Loves* (*Meus seis amores*) e *Walk on the Wild Side* (*Pelos bairros do vício*).

John Fante foi acometido de diabetes em 1955 e as complicações da doença provocaram a sua cegueira em 1978, mas continuou a escrever ditando à sua mulher, Joyce, e o resultado foi *Sonhos de Bunker Hill* (Black Sparrow Press, 1982). Morreu aos 74 anos, em 8 de maio de 1983.

Em 1985, a Black Sparrow publicou os contos selecionados de Fante, *O vinho da juventude,* e dois romances inéditos do início de carreira, *O caminho de Los Angeles* e *1933 Was a Bad*

Year. Em 1986, Black Sparrow publicou duas novelas inéditas sob o título de *West of Rome. Full of Life* e *The Brotherhood of the Grape* foram republicados pela Black Sparrow em 1988.

Em 1989, a Black Sparrow publicou *John Fante & H. L. Mencken: A Personal Correspondence 1930-1952,* e em 1991 publicou as *Selected Letters: 1932-1981* de Fante. Mais recentemente, publicou uma coletânea final de ficção, *The Big Hunger: Stories 1932-1959.*

Este livro foi composto na tipografia Classical
Garamond Pro, em corpo 10,5/15, e impresso
em papel off-white no Sistema Cameron da
Divisão Gráfica da Distribuidora Record.